小梅のとっちめ灸

(三)針売りの女

金子成人

幻冬舎時代小説

小梅のとっちめ灸

(三)針売りの女

DTP　美創

目次

雷門
大川橋
駒形堂
梅屋敷
亀戸天神
浅草御蔵
横十間川
柳橋
本所
両国橋
竪川
大川
高砂橋
新大橋
高橋
小名木川
万年橋
箱崎
仙台堀
木島屋
永代橋
油堀の猫助の家
笹生亭
永代寺
富ヶ岡八幡宮
北
蓬萊橋
0
1000m
三春屋

不忍池
忍川
湯島天神
神田明神
(日本橋高砂町)
薬師庵
お玉の家
浜町堀
高砂橋
鬼切屋
(日本橋竈河岸)
神田川
両国
西広小路
浜町堀
時の鐘
江戸城
日本橋
拡大図へ
北町奉行所
日本橋
日本橋川
箱崎
湊橋
霊岸島
南町奉行所
築地
秋田金之丞家
本願寺

地図制作：河合理佳

第一話　生きていた男

一

夜の帳《とばり》の下りた日本橋横山町の表通りは静かである。

ところどころでぽつりぽつりと明かりを灯しているのは、飯屋や旅籠《はたご》、居酒屋だった。

微《かす》かに盛り場の喧騒が届いているが、たったいま通ってきた両国西広小路の賑わいが風に乗って流れ着いているのだと思われる。

灸の道具箱を右手に提げ、左手に唐傘を持った小梅《こうめ》が、軽く下駄の音をさせて浜町堀の方へと向かっていた。

横山町の近くは日光道中や奥州道中に貫かれており、諸方の産物が集まる商業地となっていて、近隣には旅籠も多い。しかも陸運の拠点ということもあって、木綿問屋、小間物問屋、呉服屋をはじめ、薬種問屋、煙草《たばこ》問屋など大小様々な商家が軒を並べていた。

日のあるうちは、人馬や荷車が行き交う喧騒の町なのだが、夜ともなると様相は一変する。

夏の夜なら、涼を求めて大川端や両国に向かう人出があるものの、天保十四年（1843）の正月二十日のこの夜、風はまだ冷たく吐く息も白い。

その上、この日は夕方から黒雲が湧き、日暮れてからは雨か雪になる恐れもあったので、両国の歓楽地を除けば、人通りはほとんどなかった。

だが、用心のために持ってきた唐傘は、どうやら使わずに済みそうである。

横山町一丁目の先の辻を真っ直ぐに進んだ小梅は、出来るだけ下駄の音を立てないようにして通塩町《とおりしおちょう》を通り抜ける。

客に呼ばれて出療治に行く時、履物は下駄と決めている。

雨にぬかるんだ道を草履で行けば、どうしても足が汚れる。そんな足で客の家に上がるのは憚《はばか》られるのだ。晴れた日は晴れた日で、地面の砂が足の裏と草履の間に溜まるので厄介である。

小梅が履いている下駄は、照降《てりふり》町の下駄屋に頼んで誂《あつら》えたものだ。

通常の女物の歯より幾分高い、一寸五分（約四・五センチ）の高さのある下駄だから、照り降りなしに使えるので重宝している。

通塩町を通り抜けて浜町堀に出ると、堀に架かる緑橋の袂《たもと》を左に折れた。

その途端、明かりの灯った夜鳴き蕎麦の屋台が小梅の眼に飛び込んできた。

白い湯気が明かりに照らされて流れて行くのが見て取れ、醤油の利いた蕎麦汁の匂いが鼻をかすめる。

「おじさん、かけをお願い」

屋台に近づいた小梅は、綿入れを着込んだ五十は過ぎたと思しき夜鳴き蕎麦屋の老爺《ろうや》に、迷わず声を掛けた。

「はいよ」

老爺は小梅を見て頷くと、丼を出して、かけ蕎麦作りに取り掛かる。

屋台近くに置いてある細長い縁台に道具箱を置き、唐傘を立てかけると、小梅は腰を掛けた。

「お前さん、時々見かける灸師さんだね」

老爺が手を動かしながら話しかけてきた。

「えぇ」

と頷いた小梅は、

「下柳原同朋町《しもやなぎわらどうぼう》の船宿に出療治に行った帰りなんですよ」

笑顔で答える。

下柳原同朋町というのは、両国西広小路に近い、神田川に面した町である。

「家はこの辺りかね」

「この先の、高砂町《たかさご》でして」

「すぐじゃないか」

老爺は蕎麦を作る手を止めて、小梅を見た。

「近いけど、この匂いを嗅いだら急に小腹が空いてしまってね。それに、家に帰っても、うちのおっ母《か》さんは夜食なんか作ってくれそうもないものだから」

笑ってそう返すと、

「お待ちどお」

老爺が、縁台に近づいて小梅の横に箸と、湯気の立つ丼を置いた。

「いただきます」

声に出すとすぐ、小梅は丼の汁を一口啜《すす》り、箸をつける。

「屋台は、いつもここに？」

「そうだよ」

「そりゃ助かる。今度、夜の出療治に出ることがあれば、当てにして立ち寄りますよ」

「そりゃ、ありがたい」

返事をした老爺は、屋台で包丁を使い始めた。

蕎麦を半分くらい食べたあたりで、小梅は箸を止めて、ふと耳を澄ました。

地面を蹴上げるような足音がしたかと思うと、緑橋の一つ南側に架かる蚤取橋《のみとり》の袂に、髪を振り乱した女の影が道から飛び出して来て、夜鳴き蕎麦屋の方へと足を向けた。

羽織と着物の裾を翻《ひるがえ》して駆けて来る女のあとに、堅気には見えない男が三人、砂を蹴散らすような勢いで現れ、女を追って来る。

「待ちやがれ、このあま！」

「逃げられるなんて思うんじゃやねぇ！」

追って来る男たちの罵声を浴びながら屋台の近くに追い詰められた女が、咄嗟《とっさ》に向きを変えると、一人の男は行き場を失ってたたらを踏み、小梅が腰掛けていた縁台に足をぶつけて地面に転がる。

その拍子に、小梅が手に持っていた丼が揺れて、穿《は》いていた裁着袴《たっつけばかま》に蕎麦の汁が掛かった。

あとに続いた二人の男は、逃げに掛かった女の前後に立って両手を広げ、通せんぼをする。

転がっていた男もすぐに起き上がり、女を前後に挟んだ二人の男の方へと足を向けた。

「おい。蕎麦の汁を掛けておいて詫びもないのか」

鋭い声を掛けたが、転がっていた男も他の二人も小梅を一瞥《いちべつ》しただけで、女の腕や帯を摑んでもと来た道へ連れて行こうとする構えを見せた。

「粗相をしたのを謝れと言ってるんだよ。でなければ、蕎麦代十六文（約四〇〇円）を置いて行ってもらいましょう」

小梅が声を張り上げると、舌打ちをした一番年かさの男が、二、三歩近づき、

「おれらはいま、そんなことに構っちゃいられないんだよ」

凄《すご》みを利かせた物言いをした。

「わたしゃ、お前さん方の事情を聞いてるんじゃありませんよ。蕎麦代を置いてお行きと言ってるんだ」

小梅は落ち着いて応える。

「おいっ」

女の背後にいた頬骨の尖った男が突然声を上げると、目を吊り上げて小梅の方に近づく。

「おれたちはなぁ、うちの縄張りで客を取りやがったこの女にきつい仕置きをしなくちゃならねぇんだよっ」

「だったら、蕎麦代を置いてさっさとお行きよ」

小梅の返答に、頬骨の尖った男は返す言葉もなく、口をぱくぱく動かす。

「あんたら、縄張り縄張りと言ってるが、あそこのどこに縄が張ってあるんだよ。そんなもんが見えないから、入ってしまっただけのことじゃないか」

小太りの男に帯を摑まれていた女は、居直ったように啖呵《たんか》を切った。

追われた女はやはり、辻で客を拾う夜鷹に違いない。

「気に入った。姐さんの言う通りだ。わたしが手を貸します」

小梅は、男たちに鋭い眼を向けた。

「しょうがねぇから、うるさい袴の女を先に黙らせるぞ」

年かさの男はそう言うと、苛立ったように片方の頬をぴくぴくと動かした。

「ちょっとお前さん方、女一人に男が三人掛かりなんて」

屋台の老爺から声が掛かったが、男たちは聞く耳を持たない。

「このあまっ」

頬骨の尖った男がいきなり右腕を伸ばして、小梅の胸元を摑みにかかった。

咄嗟に体を躱《かわ》すと、振り上げた傘の持ち手を男の腕にバシッと叩き込んだ。

頬骨の男が腕を抱えてその場にうずくまるのを見た小梅は、夜鷹の帯を摑んでいた小太りの男の太腿《ふともも》を思いっきり唐傘でひっ叩くと、男は帯から手を離してよろけた。

「姉さん、ありがとよ」

夜鷹はそう言うや否や、堀沿いの道を北の方へ、裾を翻して駆け去った。

「余計なことをしやがって」

声を低めた年かさの男が、懐に片手を差し入れて向かって来ると、小梅は唐傘を摑んで構えた。

「大声を張り上げていたのはお前らかっ」

角を曲がって堀端に姿を現したのは、男二人の影である。

一人の男の手に十手《じって》が握られていることから、土地の目明かしとその下っ引きと思われる。

「ちっ」

年かさの男は舌打ちをすると、蚕取橋の袂から東へ延びる小路へと駆け去って行き、あとの二人も急ぎ追いかけて行った。

「日本橋高砂町の『灸据所《きゅうすえじょ》　薬師庵《やくしあん》』の灸師、小梅と申します」

小梅は、浜町堀からほど近い橘町四丁目の自身番でそう名乗った。

先刻、夜鳴き蕎麦屋に駆け付けた目明かしには、無体なことをした男たちから夜鷹を庇《かば》ったのだと言い、そのことは蕎麦屋の老爺も口添えをしてくれた。

だが、昨年の暮れから江戸を騒がせている『からす天狗』の一件を引き合いに出されたのだ。

「『からす天狗』は女だという噂も耳にするし、灸師とはいえ、女の一人歩きは怪しい」

そう言われて、自身番に連れて来られたのである。

『からす天狗』というのは、武家屋敷や名だたる商家から盗み取った値の張る化粧道具、装飾品、什器《じゅうき》等を高札場《こうさつば》や大寺の山門などに晒《さら》し、盗みに入った先の家名や屋号を明らかにするという所業を重ねている盗賊だが、盗賊自身がそう名乗っているわけではなかった。

老中首座となった水野《みずの》忠邦《ただくに》は倹約令などを出し、財政の逼迫《ひっぱく》を解消しようと改革に乗り出したのだが、奢侈《しゃし》禁止や娯楽禁止という触れまで出した。

その奢侈禁止令に〈武士は例外とする〉という一文が織り込まれていたことから、

町人の多くが反感を抱いたのだ。

　そんな折、武家屋敷などから盗み取った奢侈な盗品の数々を公衆に晒すという所業に快哉《かいさい》の声が上がり、姿の見えない盗賊に、いつの間にか『からす天狗』という名が付けられたのである。

「しかし、女一人で三人の破落戸《ごろつき》どもを追い払ったというのがどうも解せねぇ。そのうえ、ご用の筋のおれを前にしても、怖れも見せねぇ」

　そう言うと、目明かしは十手の先を小梅の眼の前に突き出した。

「ご不審なら、厩新道《うまやじんみち》の目明かし、矢之助《やのすけ》親分にお尋ねくださいますよう」

　小梅が懇意にしている親分の名を口にすると、目明かしは慌てて突き出していた十手を引っ込めた。

二

　日本橋高砂町にある『灸据所　薬師庵』の四畳半の療治場には暖気が満ちていた。部屋の二か所に置いた火鉢では、鉄瓶がゆらりと湯気を立ち昇らせている。

奥の方にある火鉢の近くに道具箱を置いた小梅と、家の出入り口に近い方にある火鉢の傍に座り込んだ母親のお寅《とら》は、艾《もぐさ》や線香、艾の滓《かす》を掃き取る刷毛《はけ》や手拭いなど、療治に使う品々の補充を黙々とこなしていた。

五つ（八時頃）に客を迎える『薬師庵』では、毎朝恒例の日課である。

小梅が浜町堀で、男たち三人に追われていた夜鷹を助けたのは昨夜のことだった。

「おや」

呟いたお寅が、両膝を立てて庭側の障子に這い寄ると、片方の障子を少し開けた。

「やっぱり降ってるよ。雪になるかね」

四つん這いになったまま、お寅は庭の方を眺めている。

小梅は立ち上がって障子の際に立ち、畳二枚を縦に並べた位の広さしかない庭の、植栽を濡らしている細かな雨に眼を遣《や》った。

「表の掃除を済ませたあとで助かったよ」

「ほんと」

小梅は、お寅の言葉に相槌《あいづち》を打った。

二人暮らしの小梅とお寅が起き出すのは、大体六つ（六時頃）という頃おいだが、お寅はたまに、六つ半（七時頃）の朝餉《あさげ》前まで寝ることもある。

今朝、いつもの時分に起きた小梅は、台所で朝餉の支度に追われた。

竈《かまど》に掛かった炊飯釜が湯気を噴き出しているのを見て、蓋を少しずらした時、

「しかし、腹が立つじゃないか」

今朝は小梅と同じ時分に起きて表の掃除をしていたお寅が、箒《ほうき》を手にして台所に入って来るなりぼやくと、

「掃いても掃いても、朝になりゃ落ち葉が戸口に溜まっちまってさぁ」

憎々しげな顔付で、表の方を顎で指し示した。

「それで、掃き終わったのかい」

「それは済んだ」

「だったらおっ母さん、たまには味噌汁でもこさえておくれよ」

小梅が言葉を掛けると、

「味に文句はつけないと言うなら、こさえてやってもいいがね」

お寅は恩着せがましい物言いをした。

「いい。やっぱりわたしがこさえる」

そう言うと、小梅は湯釜の蓋を取って、湯を柄杓《ひしゃく》で鍋に移し替え始めた。

お寅は、人の味付けには遠慮のない文句をつけるのだが、自分が文句を言われるとすぐにむくれてしまうやんちゃな子供のようなところがあるから、極力、摩擦は避けるようにしている。

そのあとお寅と二人、朝餉の膳に着いている時は、雨が落ちてきた様子はなかったから、降り出したのは療治場に入ったあとだったに違いない。

昨夜降るかもしれないと言われていた雨が、今朝に日延べをしたのだろうか。

「冷えるから閉めるよ」

一声掛けて縁側の障子を閉めた小梅は、道具箱の傍に戻って座り、揃えた品々を引き出しに仕舞い始めた。

『薬師庵』のある日本橋高砂町というのは、浜町堀に架かる高砂橋から西へ、堀江町入堀へと延びている道に面している。堀江町入堀近くの堺町《さかい》、葺屋町《ふきや》にはかつて中村座や市村座などの芝居小屋があり、多くの人が詰めかけて賑わっていた。

ところが、一年以上前の天保十二年（１８４１）の十月、中村座から出た火が燃え広がり、近隣の町々が焼失するという大火事に見舞われた。

焼けていた芝居小屋は昨年の秋以降、浅草で興行を再開させ、それにつれて、様々な商家や料理茶屋なども浅草猿若町《さるわかちょう》に移ってしまい、今の堺町、葺屋町には、かつての芝居町の賑わいはなくなっていた。

家の出入り口の、三和土《たたき》を上がって左側にある四畳半の療治場は、かつて市村座の床山をしていた父、藤吉《とうきち》の仕事場だったのだが、天保十二年の大火事に巻き込まれて死んだ。

艾の煙の立ち昇る『薬師庵』の療治場に、四つ（十時頃）を知らせる時の鐘が微かに届いている。

おそらく日本橋本石町《ほんこくちょう》の鐘の音だと思うが、風向きによっては上野東叡山《とうえいざん》や浅草寺の時の鐘が聞こえることもあった。

母子で療治をする時は、四畳半の奥側が小梅で、三和土へ出られる方の半分がお寅の領分という決まりごとが、いつの間にか出来上がっていた。

この日、最初に現れたのは屋根屋の吾平《ごへい》だった。

「この前、腰に痛みが走ったから、来よう来ようとは思ってたんだが、仕事が立て込んでてさぁ」

吾平はそう言いながら、裾を捲《まく》り上げて小梅の前に腹這った。

「それじゃ、今日の雨は恵みの雨ってわけだ」

火鉢の火に炭を挿していたお寅から声が掛かると、

「そうそうそう」

吾平は陽気に返答した。

小梅が吾平の腰に灸を据え始めたところに現れたのが、頼まれた仕立物を縫いあげるのを生業《なりわい》にしているお静《しず》だった。

「ここは、朝からあったかいからありがたいよ」

開口一番、お静はそう口にした。

「艾を燃やして療治をしようという灸据所が寒かったら、何のための灸か分かりゃしないじゃないかぁ」

「そりゃそうだね」

お静は、お寅の言葉に大きく頷くと、ははと笑って療治場の火鉢に両手をかざす。

お寅が言うように、『薬師庵』では療治場の寒暖には気を遣《つか》っていた。

朝餉の支度の時に使った火の点いた薪《まき》を七輪に移すと、療治場の火鉢に置くための炭を置いて火を熾《おこ》すのだ。

火の熾きた炭は、朝餉を摂る前に療治場の二つの火鉢に移し、水を容れた鉄瓶を掛けておく。そうすると、五つの仕事始めの時分には療治場の中に暖気が満ちるという按配《あんばい》なのだ。

「お静さん、今日はどこに据えようか」

「肩と首にお願いしようかね」

お寅に返事をしたお静が薄縁《うすべり》に腹這いになった。

「そうしたら、いつも通り、首のツボの『風池《ふうち》』『百労《ひゃくろう》』に据えたあと、肩のツボに据えるよ」

「お寅さんに任せますよ」

返事をしたお静は、薄縁に重ねて置いた手の甲に自分の顎を乗せた。

「相変わらず針仕事かい」

吾平が声を掛けると、隣りに眼を向けたお静が、

「おや珍しい、吾平さんじゃないか。わざわざ本所からおいでですか」

「腰の用心には『薬師庵』ってわけさ」

　小さく笑って返事をした吾平は、以前、『薬師庵』の近くに住んでいたのだが、天保十二年の大火事で長屋が焼かれて、深川相川町の『小助店《こすけだな》』に移った。しかし、その長屋も家主の都合で立ち退きを余儀なくされて、昨年の十一月に本所に腰を落ち着けていたのである。

　仕事柄、重いものを担いで屋根に上ったりする吾平は、腰の具合には普段から気を遣っていた。

　痛めてはいなくても、用心のために灸を据えに来るのだ。

　背中と腰にある『肝兪《かんゆ》』『腎兪』『大腸兪』『殿圧《でんあつ》』『上殿《じょうでん》』という箇所が腰痛のツボであり、ひとつのツボに三回から五回の灸を据えるので、一通り終えるまで四半刻（約三十分）以上を要する。

「そうそう。二、三日前、霊岸島で仕事があったから、帰りにちょっと深川の相川町に寄ってみたんだよ。そしたら小梅ちゃん、おれらが暮らしてた『小助店』の跡地には、立派なお屋敷が建ってたよぉ」

　吾平が、腹這ったまま口を開いた。

「とすると、家主だった深川の『木島屋《きじまや》』が土地を譲ったっていう、材木問屋『日向屋《ひゅうがや》』のお屋敷なのかねぇ」

小梅は、『殿圧』に置いた艾に線香の火を点けながら問いかける。

「さぁ、その辺の事情は知らないが、数寄屋造りのなんとも贅《ぜい》を凝らした家だったよ。川っ淵に立った家で、庭に出れば大川の流れもその先の霊岸島も望める場所だから、夏になりゃ、風流この上ないってくらいの造りだよ」

「ふうん、あの土地がねぇ」

小梅は感慨深げに呟くと、吾平の腰で燃え尽きた、『殿圧』の少し上にある『上殿』の艾を指で払った。

深川相川町の『小助店』が建っていた場所は、曰くのある土地だった。

持ち主は深川の材木問屋『木島屋』だったのだが、『小助店』の住人の追い出しに『油堀《あぶらぼり》の猫助《ねこすけ》』という、土地の博徒の親分が関わっていると吾平から聞いた小梅が、猫助に談判に及んで悶着を引き起こしたのだった。

人の道を説く小梅の勢いに押された『木島屋』は、住人たちに支度金を渡すことで店立《たなだ》てには持ち込めた。

その後長屋を取り壊した末、湿地だった相川町の土地をかさ上げしてから、日本橋の材木問屋『日向屋』に献上していたのである。

そんな経緯を、小梅が大まかに口にすると、

「その『日向屋』って材木問屋の色惚《いろぼ》け親父が、身請けした芸者でも住まわせるに違いないね」

お寅はあっさりと決めつけた。

しかし、小梅が見知っている『日向屋』の主、勘右衛門《かんえもん》は品があり、色惚け親父には見えない。

小さく首を捻《ひね》った小梅は、吾平の『上殿』に三回目の艾を置いた。

三

九つ(正午頃)が過ぎた頃になって、日本橋界隈に降っていた雨は止んだ。

止むとすぐ、小梅は前々から頼まれていた照降町の傘屋『井筒屋』の主人のもとへ出療治に出掛けていた。

それから一刻（約二時間）が経った『薬師庵』の表の通りには薄日が射して、濡れた路面がきらきらと輝きを放っていた。

「ただいま」

家の戸を開けて声を掛けた小梅は、道具箱を療治場の外の廊下に置くと、小さな箱だけを手にして居間の障子を開けた。

「お帰り」

長火鉢の向こうに陣取っていたお寅は、急須の茶を湯呑に注ぎながら声を発すると、

「飲むかい」

顔も見ずに聞く。

「ちょっと行きたいとこがあるから、いらない」

そんな返事を聞いた途端、顔を上げたお寅が向かいに座った小梅に眼を向けた。

「どこへ行くっていうんだい」

「昼前に来た吾平さんが言ってたじゃないか。住んでた相川町の長屋の跡地にお屋敷が建ったって。それを見てみたいんだよ」

「出療治の口が掛かったらどうすりゃいいんだい」

「なにもおっ母さんに行ってくれと頼んでるわけじゃないんだから、日延べしてもらえばいいじゃないか」

「おや。家が建ったくらいで、やけに強気に出るじゃないか」

斜に構えたお寅は、片方の眉を吊り上げた。

「吾平さんが住んでた長屋の跡地の使われ方については、前々から気懸かりではあったんだよ」

小梅は、正直な思いを口にした。

「昼前、療治場で話をした通り、材木問屋の『木島屋』は博徒の『油堀の猫助』とは一蓮托生の間柄だったんだよ」

その上、『木島屋』の手代だった小三郎《こさぶろう》と、『油堀の猫助』の子分だった『賽《さい》の目《め》の銀二《ぎんじ》』という二つ名を持つ男が、二年近く前、恋仲だった清七《せいしち》こと中村座の大部屋役者、坂東吉太郎《ばんどうきちたろう》に素性を隠して近づいていたらしいことを、小梅は摑んでいるのだと打ち明けた。

二人が清七に近づいたのは、天保十二年の夏の半ばごろだった。

京扇子屋の手代の才次郎《さいじろう》と名乗る男から招かれた清七が、芝居茶屋で歓待されたのが始まりだった。

坂東吉太郎は大部屋の役者ながら、その芝居を気に入ったと口にした才次郎は、三度目の対面の折には、浅草に作る出店の普請を頼んでいる職人だと言って、辰治《たつじ》という大工を伴ったのだ。

しかし、清七が才次郎と顔を合わせたのはその三度だけで、次からは辰治と二人だけの会食を重ねることになり、いつしか胸襟を開く間柄になった。

そして、天保十二年の十月六日の夜、中村座の楽屋で寝かせてくれないかと、酔った辰治に頼まれた清七も酒に酔っていて、飲み屋から近い中村座の楽屋に同道したのである。

中村座から出た火が燃え広がったのが、その翌日未明だった。

逃げ惑った末に助けられた清七は、辰治を捜したものの、その消息は摑めなかった。

怪我人、死人が集められた場所にも足を運んだが、辰治は見つからない。

死人は顔も焼かれているから見分けはつかないのでは――小梅は昨年の十月の晦

日、それまで一年近く姿を消していた清七にそう問いかけた。

するとその時、

「捜す手掛かりは、ひとつあったんだ」

そう口にした清七はさらに、

「辰治の左の二の腕には、賽子を咥《くわ》えた蛇の彫物があったんだよ」

とも付け加えたのだ。

小梅はその彫物の主に、大いに心当たりがあった。

清七と再会する半月ほど前、殺されて大川に浮かんでいた男の腕に同じような彫物を見た小梅は、知り合いが出入りする版元に頼んで、『賽子を咥えた蛇の彫物の男に心当たりはないか』と読売に載せてもらったことがあった。

すると、

「深川の博徒、『油堀の猫助』の身内で、『賽の目の銀二』という下っ端の子分だ」

思い当たると言って現れた男は、二人とも同じ名を出した。

素性を偽った男を中村座の楽屋に案内したことを、清七も知った。

それによって、天保十二年の芝居町の火事に、知らず知らずのうちに巻き込まれ

ていたのではないかとの疑念を抱いた清七は、

「おれは、誰に嵌《は》められたのか、突き止めるよ」

そう言い放って、小梅の前から姿を消したのだった。

しかし、その清七が死体となって汐留川に浮かんでいたと聞いたのは、船宿で再会を果たしてから、五日後のことだった。

調べに当たった役人によれば、首に絞められたような痕があったが、殺されたか自死かの判断はつかないということだった。

しかし、

『才次郎の耳の下に、小さな黒子《ほくろ》有り』

再会した夜に、そんな投げ文を小梅に残して死んだ清七は、殺されたに違いないと小梅は確信していた。

「それじゃ、清七さんは、その才次郎って男に近づいたために殺されたっていうのかい」

清七からのものとは知らないものの、その投げ文を先に見つけたお寅は、書かれていた才次郎という名を覚えていたようだ。

近づいたから殺された――お寅の推測は、当たらずとも遠からずかもしれなかった。

小梅は、耳の下に黒子のある男を一度目にしたことを覚えていた。

深川の材木問屋『木島屋』の手代の耳の下に、黒子があったのだ。

『木島屋』に行って手代の名を聞くと、その手代の名は小三郎だと教えてくれたが、

「故郷の下野《しもつけ》に帰った」

と聞かされて以来、小三郎の消息は分からず仕舞いなのだ。

しかも、年が明けた今月の十一日、材木問屋『木島屋』の主も『油堀の猫助』も斬殺死体となって発見された。

刀傷から、かなりの手練《てだ》れの仕業と見られたが、下手人が何者かは分かっていない。

その所業はまるで、小梅の追及を先んじて封じたようだった。

「だからさ、殺された『木島屋』が持っていた土地が日本橋の材木問屋『日向屋』のものになって、その後どんな風になったかっていうことは、なにかと気になることなんだよ。分かったかい」

「分かるような気もするし、今一つ分からないような気もするがね」

　お寅が首を捻るとすぐ、小梅は、

「あ、そうそう。これ、『井筒屋』の旦那さんからおっ母さんにって」

　膝に置いていた小さな箱を長火鉢の猫板に置いて、

「お隣りの菓子屋の栗饅頭だってさ」

　お寅の方に箱を押しやった。

「『井筒屋』の旦那は、いつも気を遣ってくれて、ありがたいねぇ。じゃ、これはあたしが遠慮なく」

　両手でおし頂くと、お寅は菓子箱を近くの茶簞笥《ちゃだんす》の中に仕舞い込み、

「小梅あれだ。夕餉の支度さえちゃんとやるなら、深川に行ってもいいよ。家を見るだけだろう」

「うんそう」

　返事をした小梅は早速腰を上げたが、その途端、

「こんにちは。『玄治店《げんやだな》』の玉《たま》ですけど」

　出入り口の方から療治の常連客の声がした。

「はぁい」と返事をした小梅が、

「療治ならおっ母さん頼むよ」

小声でそう言うと、お寅は火鉢の縁に両手を突き、わざとらしく「よいしょ」と、年寄りじみた声を出して腰を上げた。

小梅とお寅が出入り口の板の間に行くと、笑みを浮かべたお玉が三和土に立っていた。

「今日は療治じゃなく、ちょっとご挨拶に」

お玉は、なまめかしく腰をくねらせて頭を下げた。

「挨拶ってのはなんだい」

お寅が伝法《でんぽう》な口を利くと、

「あたし、近々、『玄治店』を出ることになりましたので、お世話になったご近所にご挨拶に回ってるんですよ」

お玉は科《しな》を作った。

「出て行くんですか」

思わず声を出した小梅に笑みを向けたお玉は、

「芸者をやめたあと、旦那を持つ身となって五年。いろいろありましたからね。でももうこの後は、殿方に頼ることなく生きる覚悟を決めました」

「というと――？」

お寅が、好奇の眼差しをお玉に向けた。

「まぁ、あれですよ。芸者の時分に身に付けた三味線を教えて、女一人の暮らしを立てようかと思いましてね」

ゆったりとした口調でそう述べたお玉は、三味線の音を出す仕事だから隣近所のことを考えなければならないとも続けた。

「ですからね、人家の少ない根岸か入谷《いりや》田圃《たんぼ》の辺りにしようかと――ま、いずれにしましても、行先が決まりましたらまた改めて」

二人に軽く会釈をすると、お玉は外に出た。

「あ。戸はそのままで」

小梅が声を掛けると、お玉は小さく頭を下げ、浜町堀の方へと足を向けた。

「わたしはこのまま深川に行くよ」

小梅は三和土の下駄に足の指を通す。

「お菅さんじゃないか」

表の方に声を掛けたお寅が、草履を履いてもう一度声を掛けた。

大門通《おおもんどおり》の方から現れたお菅が、浜町堀の方を向いて足を止めている。

「今行ったのは、『玄冶店』のお玉さんじゃないのかい」

お菅が、小梅とお寅に顔を向けた。

「近々、『玄冶店』を出るっていうんで、挨拶回りをしてるんだってさ」

お寅が事情を話すと、

「まぁ、このところいろいろあったからねぇ」

うんうんと小さく頷いたお菅は、浜町堀の方に眼を向けた。

瀬戸物屋の主人に囲われていたお玉は、昨年、悋気《りんき》した女房に押しかけられると
いう災難に見舞われていたのだ。

「お菅さん、うちへ用事ですか」

お寅が声を掛けると、

「ちょっと膝が痛くてさ」

お菅が足の方に手をやると、その後ろから現れた旗本家の用人、飛松彦大夫《とびまつひこだゆう》が足

を止めた。

「飛松様」

小梅が声を掛けると、

「昨日から、どうも腰の具合が」

彦大夫は腰の辺りに両手を回す。

「お二人とも、とにかく中にお上がりなさいまし」

お寅は、少しだけ開けていた戸を大きく引き開けると、

「あたしはお菅さんを引き受けるから、お前は飛松様だよ」

どうだと言わんばかりに声を張り上げ、入ってきた彦大夫とお菅に続いて三和土を上がった。

この日の深川行きは諦めなければなるまい——胸の内で呟いた小梅は、足取り重く框《かまち》に上がった。

四

日の出から一刻半（約三時間）ばかりが経った大門通を、裁着袴を穿いた小梅が急いでいる。

行先は、通旅籠町《とおりはたご》の自身番である。

『玄治店』のお玉が、転居の挨拶のため『薬師庵』に現れてから、三日が経った朝である。

『薬師庵』が療治を開始する五つに現れた老爺と商家の老婆を療治場に入れて、小梅とお寅は、それぞれ灸を据えていた。

薄縁に腹這った療治中の老男老女の口から、鶯《うぐいす》の初音を聞いたとか桃や梅もそろそろだという時節の話題が飛び交っていた時、厩新道の目明かし、矢之助の下で下っ引きを務めている幼馴染みの栄吉《えいきち》が飛び込んできて、思いがけない知らせを聞かせてくれたのである。

それによると、深川の博徒、『油堀の猫助』の子分の一人だった弥助《やすけ》を捕まえて、自身番に繋いであるというのだ。

今月の十一日の朝、伝吉《でんきち》と重三《じゅうぞう》という二人の子分が、親分の猫助ともども無残にも斬り殺されているのが見つかったが、弥助の姿はなく、その消息は不明だった。

「このことを小梅にも知らせてやれと、同心の大森《おおもり》様が言いなすったんだが、お前と弥助とは、どんな関わりがあったんだよ」

療治途中の小梅を『薬師庵』の表に呼び出して用件を伝えた栄吉は、そう尋ねると、さらに、

「小梅さんがなにか尋ねたいことがあるなら、通旅籠町の自身番に来るようにとまで言いなすったぜ」

不審を投げかけた。

小梅は、昨年、深川相川町『小助店』で店立てがあった際、家主である材木問屋『木島屋』の意を汲んで非道な店立てに及んだ『油堀の猫助』の子分たちを、自分が懲らしめたのだと栄吉に打ち明けた。

そして、

「療治を終えたら、すぐに自身番に向かうよ」

小梅はそう言うと、栄吉を先に自身番へと帰したのだった。

同心の大森様が声を掛けてくれたのは、栄吉に話した事情のためだけではないはずだ――小梅は通旅籠町に急ぎながら、そう考えている。

『油堀の猫助』と『木島屋』の主人が斬殺死体で見つかった朝、深川に駆け付けた小梅は、その後、恋仲だった清七の死に絡んで、才次郎こと小三郎の行方を捜している事情を大森に打ち明けていたのである。

弥助が、『木島屋』と近しかった『油堀の猫助』の子分なら、小三郎について知っていることがあるのではと、大森は気を利かせて、小梅に声を掛けてくれたのかもしれなかった。

逸《はや》る気持ちを抑えきれず、小梅は足を速めた。

通旅籠町の自身番は、大門通の辻の北側にあった。

玉砂利の敷かれた所に下駄を脱いだ小梅は、

「小梅です」

中に声を掛け、上がり框の障子を開けて畳の間に足を踏み入れた。

そこには、同心の大森平助《へいすけ》をはじめ、矢之助親分と栄吉が顔を揃えていて、次の間の板張りには、ほたと呼ばれる鉄の輪に繋がれた年の頃二十ばかりの男が、力なく座り込んでいた。

見覚えのある金壺眼《かなつぼまなこ》の男は、弥助に違いなかった。

「生きていたんだね」

思わず労《いた》わるような声を出した小梅の脳裏には、十日ほど前に『木島屋』と『油堀の猫助』の家で起こったおぞましい殺しのことが蘇っていた。

「入っていた厠《かわや》から出ようとしたら、入り込んだ賊が猫助たちを斬り殺していたらしいんだよ」

大森が口を開くと、

「だって、恐ろしくて、出るに出られなかったんですよ」

弥助は、泣き出しそうな顔で言い訳をした。

そして、殺戮《さつりく》のあった夜のことをぼそぼそと話し始めた。

それによると、その夜、『油堀の猫助』の家では、仲間内で博奕《ばくち》と酒盛りが開かれていたという。

博奕のあとの酒盛りも終え、猫助が呼んだ酌婦二人と何人かの子分が帰って行ったのが、四つ（十時頃）を少し過ぎた頃おいだった。

それから四半刻もしないうちに、弥助が厠に行こうとした時、表の戸が叩かれた。酌婦が戻ってきたと思った猫助が、伝吉に戸を開けるように命じる声を背中で聞いて、弥助は厠に入ったのだった。

糞をし終え、厠の戸に手を掛けた途端、酒盛りをしていた部屋から男の絶叫と悲鳴、それに慌ただしい足音や物の倒れる音がしたと、弥助は声を震わせた。

「おれは動けず、厠の戸の隙間から薄明かりのする部屋を覗いてました。そしたら、袴を穿いた黒ずくめの侍が、抜いた刀で伝吉兄ィの腹を刺すと、重三兄ィの腕を斬り落とした上に、肩口から背中を斬りやがったんです」

子分二人が倒れて静かになると、黒ずくめの侍は足早に表へと立ち去ったと弥助は語った。

侍がいなくなっても体が強張って動けず、厠の中で震えていた弥助は、四半刻ばかり経って、やっとのことで静まり返った部屋に戻ったという。

伝吉と重三は血の海の中に倒れており、首から腹にかけて切り裂かれていた猫助は、かっと両目を開けたまま息絶えていたという。

「そのあと、お前はどうした」

　矢之助が問うと、

「恐ろしくなって、自身番に知らせることなんか忘れて、逃げました。すぐ近くの寺町には寺が並んでるんで、海福寺の本堂の床下に潜り込みました。翌朝、油堀に戻ったら、親分の家の周りには、お役人や御用聞きの旦那方がおいでで、怖気《おじけ》づいちまったんです。そしたら、材木町の『木島屋』にも賊が入って、旦那の甚兵衛さんや女まで、無残に斬り殺されてたって話してる野次馬の声が聞こえたもんで、それですっかり恐ろしくなって、深川から逃げ出しました」

　弥助の最後の方の声は、消え入りそうだった。

「逃げ出して、それで」

「物心ついた時には孤児の集まりの中に居た身の上だから、行く当てなんかねぇんです。今日まで、当てもなく、ふらふらしてました」

　ため息交じりにそう洩らした弥助は、小さい頃から七、八人の孤児の一団と行動し、盗みや脅しに明け暮れていたと打ち明けた。

「そのうち、盗み取ったものや金の分け前のことで内輪の喧嘩が立て続けにあったもんだから、いやんなって逃げ出しました。深川には人が集まるから、何とか食えるだろうと思ったのに、食えやしねぇ。それで、弱そうな連中から金を脅し取ったり、盗んだりしてたら、重三兄ィに拾われて、油堀の猫助親分の身内に——そしたら、そこからも逃げ出す羽目になっちまって——。おれは、どうも、逃げ出すばっかりの生き方しか出来ねぇんじゃねぇのかなぁ」

項垂《うなだ》れた弥助の口から、はぁと、切ないため息が洩れ出た。

「弥助は、なにをやってここに繋がれたんです」

小梅が、誰にともなく尋ねると、

「それがさ、食い逃げしようとしたところを、あっけなく押さえ込まれたそうだ」

大森が、哀れむような物言いをした。

「なんですって」

余りのことに、小梅は呆れ返った声を上げた。

博徒『油堀の猫助』の身内だった時分は、兄貴分ともども肩で風を切って深川をのし歩いていた若い衆の変わり様が、なんとも惨めに思えた。

「だって、行く当てもねぇし、銭金の持ち合わせもなかったんですよ。一日二日は、稲荷の祠《ほこら》や墓地の供え物を食ってたが、冷たくて食えたものじゃねぇんです。それで、いい匂いのする飯屋に入りました」

「そしたらこの野郎、食い終わって銭を払いに行くふりをして、飯屋を飛び出したんだよ」

矢之助が、弥助の話を引き継いだ。

「間の悪いことに、通り掛かった空の四手駕籠《よつでかご》にぶつかって往来に倒れたところを、飯屋の親父や駕籠舁《か》き人足二人に取り押さえられたってわけだよ」

矢之助が小梅に話し終えると、板の間から、くくくっと、くぐもった声が聞こえた。

「おれ、たった二十文（約五〇〇〇円）の飯代もなかったんだ」

ほたに繋がれた弥助が涙ながらに吐き出すのを、小梅はじっと見ていた。

五

通旅籠町の自身番をあとにした小梅は、それから半刻（約一時間）の後には、深川万年町の自身番にいた。

そこには、同道した大森平助と、ほたに繋がれた弥助もいる。

弥助が、通旅籠町の自身番で食い逃げの顛末を話し終えると、大森から、

「小梅さん。十日ばかり前、斬り殺された『木島屋』の主や油堀の猫助たちの死体が見つかった朝、お前さんと話をしていた浪人者に会いたいんだが、住まいを知ってるかね」

そんな問いかけがあった。

浪人者というのは、おそらく式伊十郎《しきいじゅうろう》のことだと思われた。

「式さんが、何か」

「式というのが姓かな」

「式伊十郎さんですが、あの」

小梅がもの問いたげな様子を見せると、

「いやね、あの場所にいたというのも気になるし、猫助や『木島屋』たちを斬ったのが侍だというのも、ちと、気になってな」

大森は笑みを浮かべたが、眼は笑ってはいなかった。

「あの朝、大森様は式さんの刀をご覧になって、人を斬ったような痕はないと仰いました」

小梅がやんわりと異を唱えると、

「だがね。刀ってものは、取り換えが利くもんだからね」

大森は静かにそう言い返して、胸の前で腕を組んだ。

「わたしは、式さんの住まいは、深川万年町の長屋としか聞いていませんが」

小梅が町名を口にすると、

「それで十分だよ。弥助を深川に連れて行って、式伊十郎って浪人の風体を見てもらうことにする」

大森がそう口にすると、

「へい」

矢之助は鋭い声で返事をし、叩頭《こうとう》したのである。

深川まで歩いて往復するには時が掛かりすぎるというので、大森と矢之助、それに小梅と弥助も、栄吉が調達した猪牙船《ちょきぶね》に乗って大川を横切り、深川の仙台堀の岸辺で船を下りた。

それからすぐに万年町へ向かった一行は、町役人の詰めていた自身番に上がり込み、取り急ぎ弥助をほたに繋いだ。

「万年町は二丁目までしかありませんから、人捜しは容易だと思いますよ」

用件を伝えた町役人からそんな返事を聞いた大森は、矢之助に式伊十郎探しを命じた。

「土地の目明かしにも声を掛けて、町内の長屋を当たります」

矢之助が栄吉を伴って自身番を飛び出して行ってから、ほどなく四半刻が過ぎようかという頃おいである。

「矢之助ですが」

障子の外から声が掛かるとすぐ、立った大森が障子を引き開けた。

玉砂利の敷かれた上がり框近くに、矢之助と栄吉、それに土地の目明かしらしい男に取り囲まれた格好で、式伊十郎が立っていた。

「一別以来ですな」

伊十郎が大森に笑みを向けた。

「手数をかけたが、あとはこっちでやるから」

大森の言葉に、土地の目明かしと思える男は、「へい」と口にし、一礼してその場から去って行く。

「とにかく、中に」

大森は伊十郎にそう言うと、弥助のいる板の間近くに膝を揃える。

中に入ってきた伊十郎は小梅に小さく会釈をし、矢之助の指示で、やはり板の間近くに座らされた。

「弥助。猫助たちを斬った侍は、この浪人の姿形に似ちゃいないか」

大森が尋ねると、弥助は怯えた顔付きで伊十郎の方を向く。

しばらく眼を向けていた弥助は、

「立ってもらいてぇ」

遠慮気味に、そう注文を付けた。

伊十郎は、弥助の声に応じて素直に腰を上げると、板の間に向いて直立した。

「背丈は、こちらの浪人より低かった気がします。それに、肩幅がもう少し広くて、分厚かったような」

伊十郎をじっくりと見ていた弥助だが、自信なげに首を捻ると、

「薄明かりの中で見たからよくは分からねぇけど、覆面の侍の着てたもんは、もう少し上等な着物に見えました。こんな着古したもんじゃなくてね。それに、黒足袋を履いた足には、滑らねぇように草鞋《わらじ》を履いていて、あれはまるで喧嘩支度でしたよ」

殊更《ことさら》気負い込むこともなく、淡々と述べた。

小さく頷いた大森は、

「ご足労をかけたね」

伊十郎にそう声を掛け、軽く会釈をした。

「では、引き揚げさせていただく」

「式殿とは、以前どこかでお会いしたような気がするが」

大森の声に、出かかっていた伊十郎はゆっくりと立ち止まった。

「深川佃町の居酒屋『三春屋《みはるや》』だと思います」

そう口を挟んだのは、小梅である。

はっきりと日にちは覚えていないが、千賀《ちか》という知り合いが営む店に伊十郎を連れて行ったことがあったのだ。

その時、夜回りに行く途中の大森が『三春屋』に立ち寄ったのだが、伊十郎は顔を合わせようとしなかったことを思い出していた。

「いや。『三春屋』よりもっと以前の――」

大森が小さく首を傾《かし》げると、

「大森殿とは、北町奉行所で一、二度顔を合わせたことがござった」

伊十郎は、臆することなく大森を向いてそう告げると、

「某《それがし》は、もと南町奉行、矢部《やべ》定謙《さだのり》様に仕えていた、式伊十郎でござる」

「あ。やはり、あの矢部様の――」

大森は、そこまで口にしてあとの言葉を飲み込んだ。

「時々、殿のお供をしていたゆえ、北町へも足を踏み入れることがあったので、その折にお見掛けしていた」

「左様でしたか」

呟くように言うと、大森は、

「矢部様は、さぞご無念であられたでしょうな」

感に堪えないという面持ちで頭を下げた。

矢部定謙は、南町奉行を務めていた当時、老中の水野忠邦が進める改革に同調して奢侈禁止令という厳罰を伴う法令を容赦なく用いる勝手掛、鳥居耀蔵《とりいようぞう》の酷薄さに対して異を唱えていたのだ。

天保十二年、鳥居耀蔵の讒言《ざんげん》によって奉行職を罷免させられたうえ、伊勢桑名藩に幽閉を命じられた矢部定謙は、その後、絶食して憤死を遂げていたのである。

「それで、今、式殿は」

「このとおりですよ」

伊十郎は大森に向かってそう言うと、着古した着物の袖を奴凧《やっこだこ》のように広げて屈託のない笑みを浮かべた。

「そこまでお見送りを」

大森は伊十郎に履物を履くように手で促すと、自分は上がり框に膝を揃えた。

「何かお困りのことがあれば、わたしの役宅へお出で下さい。場所は小梅さんが知ってますので」

「いや。わたしが近づくと、大森殿に難儀の及ぶこともある。そのお気持ちだけいただきます」

丁寧に腰を折った伊十郎は、玉砂利を踏む音をさせて自身番をあとにした。

大森の申し出を辞退したのは、伊十郎の気遣いだろうと小梅は感じていた。

矢部定謙を失脚させた後、南町奉行となったのが鳥居耀蔵なのだ。

その矢部定謙に仕えていた式伊十郎との交誼《こうぎ》が鳥居耀蔵に知れれば、北と南の違いこそあれ、大森になんらかの不利益が出来《しゅったい》することを懸念したのだと、小梅は推測した。

「大森様、弥助をどうしたもんでしょう」

「そうだなあ。たった二十文の食い逃げで、役所や牢屋敷の手を煩わすというのも申し訳ないような気もするしなぁ」

ため息交じりに呟きを洩らすと、弥助の方を見た大森が自分の頬を片手で軽く叩いた。

「大森様にお願いがございます」

いきなり声を発した小梅は、大森の前に改まると、

「食い逃げをした飯屋には、わたしが肩代わりをしますので、弥助を預からせていただけないでしょうか」

両手を突いた。

「預かってどうする」

「わたしに伝手《つて》がありますんで、弥助に、この先の生きる道を見つけてやろうかと思います」

小梅が思いを述べると、やがて、板の間の弥助が小さな嗚咽《おえつ》を洩らし始めた。

六

弥助を伴った小梅が日本橋高砂町に戻ってきたのは、日が真上に昇った時分である。

深川万年町の自身番での用を済ませた小梅一行は、栄吉が頼み込んだ荷足船《にたりぶね》に乗

って大川を横切り、日本橋川へ入り込んだ。

八丁堀の役宅に戻る大森は、南茅場《かやば》町の河岸で船を下り、小梅は、矢之助と栄吉と弥助とともに対岸の小網《こあみ》町で船を下りた。

食い逃げをした飯屋に行って飯代を肩代わりした後、弥助を預かるという許しを、小梅は大森から得ていた。

栄吉を先に帰した矢之助に付添われて通旅籠町に行った小梅は、弥助に成り代わって飯代と詫び賃と合わせて五十文を飯屋の親父に手渡した後、矢之助とは別れて、『薬師庵』に戻ってきたのだ。

大門通を南に向かった小梅と弥助が、高砂町の辻で左に折れると、空の盤台を担いだ魚売りの常三《つねぞう》と出くわした。

「腰に灸を据えてもらおうと行ったんだが、誰もいねぇからまたにするよ」

常三はそう言うと、足取り重く、大門通の方へ歩き去った。

「誰もいないって――」

口を尖らせて呟いた小梅は、猛然と足を速める。

出入り口の前で足を止めた小梅は、『灸据所　薬師庵』の看板の下に、『やすみます』と書かれた小さな木札が下がっているのに気付いて眼を剝いた。

「ここは」

弥助が訝《いぶか》しそうな声を洩らすが、小梅は返事をする間もあらばこそ、急ぎ戸を開けて三和土に足を踏み入れ、

「おっ母さん！」

大声を発した。

だが、家の奥からは何の答えも返って来ない。

「どうして、勝手に休みの札を下げて家を空けるんだろうねっ」

独り言を吐いた小梅は、外に突っ立っていた弥助に眼を留め、

「ま、お入りなさいよ」

穏やかに声を掛けた。

居間の長火鉢に載せた鉄瓶から、やっと湯気が立ち昇り始めた。

長火鉢の猫板に置かれていた鉄瓶には、ぬるくなった白湯《さゆ》があったのだが、沸くのが遅かった。

朝餉の残りの飯を小梅が結んで、弥助と二人分の昼餉にしたのだが、食べ終えるまでに湯は沸かなかったのだ。

鉄瓶の持ち手を袂で持つと、小梅は茶葉を入れた急須に湯を注ぐ。

火鉢を挟んだ向かい側には、両手を膝に置いた弥助が畏《かしこ》まっている。

お寅のいない家に帰ってきた小梅がまず最初に手を付けたのは、灰にうずもれていた炭に新しい炭を足して火を熾し、鉄瓶で湯を沸かすことだった。

炭を載せた十能を手にした小梅が、火鉢の傍に膝を立てると、

「火を熾すくらい、おれがやりますから」

畏まって膝を揃えていた弥助から、控えめな申し出があった。

「じゃあ、火が熾きたら、猫板の鉄瓶を掛けておくれ。腹も空いたろうから、わたしは台所で昼餉の支度をするよ」

小梅はそう言いながら、台所に下りたのだ。

それから四半刻ばかりが経っている。

いつもはお寅が定席にしている神棚の下で茶を淹《い》れた小梅は、

「遅くなったけど」

ひと言断って、向かいの弥助の前に湯呑を置くと、自分の湯呑を両手で包んだ。

「いただきます」

弥助は小さく頭を下げると、湯呑に口を付け、ズズッと一口啜った。

～とんとん唐辛子、ひりりと辛いは山椒の粉、すはすは辛いは胡椒の粉、芥子《けし》の粉胡麻の粉陳皮の粉～

八丁堀の方角から唐辛子売りの声が届いたが、やがてゆっくりと遠のいて行った。

「あの」

上目遣いをした弥助が、遠慮がちな声を出した。

「なんだい」

「深川の自身番で、おれに、生きる手立てを考えてやると言いなすったが」

「あれは、本当のことだよ」

小梅ははっきりと口にして、小さく頷いた。

「手立てっていうと、それは、おれに、ここで灸を据える修業をさせるということでしょうか」

そう問いかけた弥助の顔は、真剣そのものである。

「そうじゃないよ。やりたいというならやってもらってもいいけど、人の体のツボを覚えなくちゃならないから、御足をいただけるまでにはかなりの月日が掛かるんだよ。だけど、あんたにその覚悟があるなら修業をしてみるかい」

小梅が、灸師への嘘偽りのない道筋を述べると、

「はぁ」

弥助の口からは、ため息のような掠れ声が洩れた。

「わたしは、お前さんの働き口を、ある人たちに頼んでみようかと思ってたんだよ」

「ある人たちと言いますと――また、裏の稼業をしてる連中の」

怯えたような声を発した弥助が、眼を丸くした。

「この際だからはっきりと言っておきましょう。その人たちというのは、以前、両国辺りで勇名を馳せていた香具師《やし》の元締、『鬼切屋《おにきりや》』のお身内たちなんだよ」

小梅が口にした『鬼切屋』は、縁日や祭礼など人出の多い場所で見世物などを興行したり、屋台を置いたり筵《むしろ》を広げたりして商売をするのが稼業であった。

儲けの多寡は縄張りの場所と大きさで左右される稼業ゆえに、同業の者たちと縄

張り争いが起こりがちだった。従って、香具師の元締の下には、腕力と漢気《おとこぎ》のある者たちが集まっていた。

「だけどね、『鬼切屋』が羽振りを利かせていたのは、初代の時分だったそうだ。初代の息子さんが二代目になった途端、子分たちの裏切りにあった上に他の香具師との縄張り争いに負けたことで、子分たちは散り散りになって、追われるようにして両国から離れたと聞いてる」

そこまで話した小梅は、喉を潤すように茶を啜った。

両国を追われた二代目が早世すると、その倅《せがれ》の正之助《しょうのすけ》は、香具師の元締という『鬼切屋』の看板には未練も見せず、幼少時から得意にしていた読み書き算盤《そろばん》を生かして、知り合いの料理屋の帳場に座ったのだ。

ところが、五年前、散り散りになっていた子分の治郎兵衛《じろべえ》、佐次《さじ》、吉松《よしまつ》が正之助のもとを訪れて、『鬼切屋』の再興を願い出たのである。

それには、正之助は頑として首を縦に振らなかった。

だが、現れた三人は、『鬼切屋』が栄えていた時分、子分たちで花見に行ったり飲み食いしたりしたことを今でも思い出すのだと言い、

「昔みてぇに、『拠《よ》り所《どころ》』と呼べるもんがないのが、なんとも寂しくていけません」

という治郎兵衛の言葉に心を動かされた正之助は、自分が住む日本橋住吉町裏河岸にある九尺二間の長屋を、集まりの場にすることを承知したのである。

それ以来、『嘉平店《かへいだな》』という五軒長屋の一番奥にある正之助の家の戸口には、『鬼切屋』と書かれた幅二寸（約六センチ）、縦五寸（約一五センチ）ほどの、看板と呼ぶにはいささかみすぼらしい木の板が掛かっている。

「正之助さんは、『鬼切屋』を継いだわけじゃないんだけど、出入りする元の子分たちからも、うちのおっ母さんからも、三代目と呼ばれているよ。そこに出入りしてるのは、町小使《まちこづかい》を生業にしてる年かさの治郎兵衛さん、船宿の船頭を務めてる佐次さん、版元が出す読売や江戸の名所案内なんかを売ってる吉松さん、それに、佐次さんの子分のような金助《きんすけ》の四人だ。正之助さんは今、口入れ屋の帳場を預かっておいでだから、仕事の口ならいくらでも見つけてくれるし、治郎兵衛さんも佐次さんも顔が広いから、あんたの仕事の世話くらい、お安い御用なんだよ」

小梅が事細かに話をし終えると、

「ひとつ、よろしくお願いします」

弥助は両手を膝に置いて、深々と首《こうべ》を垂れた。

七

小梅が二杯目の茶を淹れて、自分と弥助の湯呑に注ぎ分けた。

お寅が帰ってきたら、小梅が弥助を正之助の長屋に連れて行き、顔つなぎをする段取りが出来上がっていた。

今晩、弥助が泊まる所は、『鬼切屋』近くに住む治郎兵衛に頼み込むつもりである。

「話は変わるが、お前さんに折り入って聞きたいことがあるんだよ」

二口ばかり茶を飲んだところで、小梅が弥助に声を掛けた。

「なにか」

長火鉢の向かい側で、弥助が軽く身を乗り出した。

「深川の材木問屋『木島屋』に奉公していた小三郎という手代のことは知ってるんだろう？」

「へぇ。そりゃもう、『木島屋』さんに用事を言いつけられたら、『油堀の猫助』の子分はすぐに駆けつけてましたから」

　弥助が言ったことは、小梅もよく知っていた。

『木島屋』で悶着を起こした時も、主の甚兵衛の気に障ることをした時も、弥助を含む猫助の子分たちが、小梅に危害を加えようとしたことがあった。

「尋ねたいことがあって、去年から小三郎に会いたいんだけど、『木島屋』さんを訪ねても、故郷の父親が寝込んでしまって、生国《しょうごく》の下野に帰ったきりだというばかりなんだよ。いつ訪ねても、下野の様子も、いつ江戸に帰るのかも分からないというばかりだったんだよ」

「へぇ。あの人が下野にねぇ」

　そう呟くと、弥助は小首を傾げた。

「そしたら、年が明けた途端、『木島屋』の甚兵衛さんは殺され、番頭や奉公人たちは散り散りになってしまって、小三郎のことを尋ねる相手がどこにもいなくなってしまってさぁ」

　ため息をついた小梅は、残りの茶を一気に飲み干した。

「小三郎さんなら、三日ぐらい前に、上野で見かけましたよ」

弥助の口から、思いがけない言葉が飛び出した。

「なんだって！」

鋭い声を上げた小梅は、思わず背筋を伸ばした。

「いや、その、だからあの、見たんです」

小梅の声にうろたえたように、弥助はおろおろと口籠《くちごも》った。

「見たって、どこで」

逸る気持ちをぐいと抑えて問いかけると、弥助は、

「見たのは、上野東叡山の黒門《くろもん》の先の、忍川《しのぶがわ》でした。ほら、不忍池《しのばずのいけ》から流れてる川に、橋が三つ掛かってる辺りでした」

「三橋《みはし》かぁ」

小梅が地名を口にすると、弥助が「そそそ」と返事をして大きく頷いた。

「頰《ほ》っ被《かむ》りをしていやがったが、体つきや足の運びを見てすぐに分かりましたし、『木島屋』に居た時分からいつも使ってた〈斧《よき》・琴・菊〉の柄の手拭いをかぶってましたからね」

「確かかい」

　小梅が身を乗り出した。

「いや、おれはつい、小三郎さんて声に出したんですよ。そしたら、向こうはふっと足を止めたんだが、おれには気付かず、足早に歩き出して行きましたよ」

「どこへ向かって行ったんだろう」

「方向からすれば、上野の広小路から湯島の方に行ったような気がします」

　弥助の声に、小梅は、行楽で何度か行ったことのある不忍池界隈の通りを頭の中に描いて、道順を辿るように虚空を指でなぞった。

「小三郎さんがいまどこに寝泊まりしてるのかは知りませんが、不忍池の畔《ほとり》には出合茶屋が並んでるし、案外、女としけこんだ帰りだったんじゃねぇのかなぁ」

　独り言のように言うと、弥助は湯呑の茶をズズズと飲んだ。

「そうか。小三郎は、江戸に帰っていたんだねぇ。そのことは、『木島屋』も知っていて、わたしに嘘をついていたに違いないね」

　鼻息を荒くした小梅は、握った火箸をグサリと灰に突き立てた。

「あのぉ」

弥助が、恐る恐る声を出す。

「なんだい」

小梅は、弥助に顔を向けた。

「帰るも何も、小三郎さんは、江戸者ですよ」

またしても思いがけない言葉が弥助から飛び出した。

「なんだって」

小梅の声は、掠れている。

「『木島屋』さんが、なんで下野に帰ったなんて言ったのかは知らねぇけど、物言いから何から、小三郎さんは江戸の生まれですよ」

弥助の言葉のひとつひとつが小梅の胸に突き刺さり、言葉もない。

「下野の方から江戸に来た連中の話し方は昔から聞いて知ってるけど、小三郎さんの話し方にゃぁ、下野の匂いはありません。詳しい生まれ育ちは知らないが、あの人は、生まれも育ちも江戸に違いありませんよ」

弥助の言い分を聞いた小梅は、

「はぁ」

と、ため息をついた。

小梅が小三郎と話をしたのは、ただの一度だけだった。

深川相川町の『小助店』の住人への、『油堀の猫助』一味のあくどい店立てについて『木島屋』に談判に及んだ際、主の甚兵衛からの草鞋代だという金を、帰路の小梅に差し出したのが、今思えば手代の小三郎だったのだ。

金はもらえないと言う小梅に、小三郎はなんとか手渡そうとしたのだが、結局、小梅は拒み通してその場を去ったのだった。

その時は、大したやり取りをしなかったから、言葉の癖など気付きもしなかった。

ゴーン。

微かに入り込んだ音は、日本橋本石町の時の鐘である。

一撞《ひとつ》き目はゴーンと長く撞かれ、そのあと、短くゴンゴンと続けざまに鳴ったのは、正刻を知らせる前の捨て鐘だった。

正午から一刻ばかり経った時分だから、八つ（二時頃）を知らせる鐘だと思われる。

捨て鐘に続いて、鐘はあと八つ撞かれるのだが、そのひとつ目の鐘が撞かれると、戸口が勢いよく開け閉めされる音がした。

「どなた」

小梅が声を張り上げると、

「魚屋の常さんから聞いたけど、小梅お前、うちに若い男を引っ張り込んだらしいね」

言い終わるか終わらないうちに居間の障子が開いて、踏み入れようとした足を止めたお寅が、弥助を見て息を呑み、即座に固まった。

「わたしのおっ母さん」

お寅を指して示した小梅は、弥助にそう告げた。

薄汚れた着物と、ぼさぼさ頭の弥助は、

「ははぁ」

と声を上げると、蛙が伸びたようにその場に平伏した。

「小梅おまえ、なにもこんな男じゃなくったって――お前がいいと言う男は、探せばその辺にいくらでもいるはずなんだからさぁ」

弱々しい声を洩らすと、お寅はへなへなとその場に座り込んでしまった。

ゴーン。

撞かれていた時の鐘の八つ目が鳴り終わったものの、三人に声はなく、居間はしんと静まり返った。

第二話　三つ巴

一

火鉢に載った鉄瓶からは湯気が立ち昇り、うつ伏せになった逞《たくま》しい肉付きの腰からは艾の煙が立ち昇っている。

四畳半という狭い室内には、艾に火を点ける線香の煙まで立ち籠《こ》めて、いささかけむったい。

小梅が灸を据えているのは、達平《たっぺい》と名乗った二十代半ばと思しき男で、初めての客である。

小梅の隣りでは、膝頭から下の両足を剝き出しにした常連のお菅が仰向けになっており、前かがみになったお寅が、膝の上に並んでいる『梁丘《りょうきゅう》』と『血海《けっかい》』という二つのツボに灸を据えている。

あと半刻もすれば九つ（正午頃）という頃おいの、『灸据所　薬師庵』の療治場である。

「『は』組の新五郎《しんごろう》さんにここを聞いたということだったが、お前さんも火消しかい」

隣りのお寅が、灸の手を止めることなく声を掛けた。

「いえ。あっしは伊勢町堀の料理屋の料理人でして。狭いところで人をよけた時に腰を捻ってしまったもんですから。へぇ」

達平はうつ伏せになったまま、丁寧な受け答えをした。

お寅が口にした『は』組というのは、『薬師庵』のある日本橋高砂町をはじめ、小網町、堺町、堀江町、通油《とおりあぶら》町までの広い範囲を受け持つ壱番組に属している火消しである。江戸で随一の商業地である日本橋の火消しとあって、『は』組は、百人以上の火消し人足を抱えていた。

小梅は、達平の腰に据えていた艾の滓を払い落とすと、

「腰のツボの『殿圧』と『髃兪《かくゆ》』には据えましたんで、次は肩のツボにも据えさせてもらいます」

捲り上げていた着物の裾を足先へと下ろす。

「肩にも据えるんで？」

「えぇ。腰の痛みは肩の凝りなんかから来ることがありますから、肩にも据えた方が腰にも効くと思います」

達平の問いかけに答えた小梅は、揃えていた自分の膝を肩の方に動かすと、達平の着物の襟を肩下まで下げた。

その途端、思わず眼を瞠《みは》った。

露《あら》わになった達平の背中に、魚の彫物の頭部が覗いた。

胴の半分から尾びれまでは着物に隠れているが、どうやら鯛の彫物だと思われる。

鯛の頭からほんの少し上の『肩井《けんせい》』のツボに艾を載せた小梅は、線香の火を点けながら、「魚も捌《さば》く料理人らしい彫物でいいじゃないか」と、思わず胸の内で呟いてしまい、微かに笑みまで浮かべてしまった。

「だけどさぁ、あの新五郎が行く伊勢町堀の料理屋というと、どこだろ」

仰向けから腹這いに体勢を変えたお菅が、薄縁の枕に顎を乗せながら、好奇心を露わにした。

「新五郎なら、料理屋というより、その辺の居酒屋がお似合いだけどね」

お寅は、お菅の疑問に口を出すと、

「どうせ『は』組の若いもんを連れて行くんだろうから、料理屋じゃ大散財だよ」

そう決めつけた。

「あっしは、伊勢町堀の『竹の助』の板場におります」

達平が、お寅とお菅の話に控えめに口を挟むと、

「えっ」

お寅は艾に近づけようとした線香を止め、目を丸くして顔を上げた。

「『竹の助』って言ったら、この前の見立て番付で、芳町《よしちょう》の『桜井』を抜いて、前頭二枚目になった料理屋じゃないかっ」

「あの『桜井』を抜いて――!?」

驚きの声を発しながら、蛇が鎌首をもたげるように顔を上げたお菅は、

「熱っ」

大声を発して、自分の首に触れたお寅の持つ線香を思い切り、手で払った。

「お菅さん、線香が折れたじゃないかぁ」

ぼやいたお寅は、四つん這いになって、板の間に飛んだ火の点いた線香を急ぎ摘まみ上げ、道具箱の天板に置いてある線香立てに捨てた。

「どうも、お騒がせして申し訳ありません。なにせ、食い意地の張ってる人たちでして」

『肩井』で燃え尽きた艾を指で払った小梅が笑いながら詫びると、

「なんの。気にしねぇでください」

達平はうつ伏せになったまま、屈託のない声で返事をした。

小梅は、棒縞の綿入れ半纏《はんてん》を着こんだ達平に続いて、療治場を出た。

「なんだか、心持ち腰が軽くなった気がしますよ」

三和土の上がり口に立った達平が、小梅に笑顔を向けた。

「灸はすぐに効くとは限りませんから、なにもうちじゃなくても、折を見て続けた方がいいと思います」

「へい」

素直に返事をして、達平は小さく頷いた。

その時、上がり口の板の間に続く居間の障子がすっと開いて、

「『竹の助』の若い衆、よかったらここで茶でも飲んでお行きよ」

顔を覗かせたお寅が愛想のいい顔で手招くと、長火鉢の近くに座っていたお菅までにこやかに会釈をしてみせた。長火鉢のある部屋は、小梅とお寅母子の居間だが、『薬師庵』の客が療治を待ったり、終えた客が暫《しば》しくつろぐ場所にもなっている。

「ありがとうございますが、下っ端のあっしらは仕込みがありますもんで、これで帰らせていただきます」

居間の老婆二人に丁寧に返答した達平は、三和土に下りて下駄を履き、

「では」

軽く頭を下げて戸を開き、表へと出て行った。

見送った小梅は、長火鉢に着くお寅に続いて居間に入り、お菅の近くに膝を揃える。

「わたしに、茶を頼むよ」

「分かってるよ」

お寅は返答すると、すでに猫板に出してある小梅の湯呑に土瓶の茶を注いだ。

「しかし、いまの料理人はいい男だねぇ。小梅ちゃん、亭主にどうだい」

お菅が真顔で囁《ささや》くと、

「あの若い衆には、とっくにいい女がついてるよぉ」

ハハハと笑ったお寅が、小梅の前に湯呑を置く。

「いい女じゃなくてすみませんでしたね。誰に似たんだか知らないけど」

小梅が減らず口を叩いて湯呑に手を伸ばした時、勢いよく戸口が開けられる音がした。

「誰だい」

お寅が声を張り上げたが、戸口からは応答がない。

二

居間を出た小梅は、三和土に立っている、四十はとうに越した商家のお内儀《かみ》と思しき女に眼を遣った。

「あの」

両足を踏ん張るようにして立っていた女に声を掛けると、小梅はすぐに、

「あなたは」

と、軽く息を呑んだ。

息を切らして左右の肩を激しく上下させている女が何者かを、思い出したのだ。

それは、昨年の十一月の末のことだった。

『薬師庵』からほど近い『玄治店』に、亭主の女が住むと知った内儀は、倅ともども押し込んで、囲われ女のお玉の持ち物を奪い取って行った。

あの時の、神田の瀬戸物屋の女房に違いなかった。

「わたしは、神田鍋町の『笠間屋』の、紺《こん》という者ですが、せ、せ、倅の卯之吉《うのきち》がどこへ行ったか、ご存じないでしょうか」

お紺の物言いは、息を切らしているせいか、切り口上になった。

「若旦那の行先を、うちで尋ねられても困りますが」

「『玄治店』のお玉は、ここに療治に来ていたと聞いてますっ」

お紺の鼻息は荒い。

「そりゃ、お玉さんはうちの常連さんではありますが、そちらの若旦那の行先までは分かりかねます」

小梅はやんわりと、落ち着いた声で答えた。

そこへ、好奇心も露わに居間から忍び出て来たお寅とお菅が、小梅の傍に並ぶと、

「『笠間屋』の卯之吉さんを捜しに、うちにお出でになるという、そのわけに合点がいきませんがねぇ」

お寅が、いつになく事を分けて不審を口にした。

「だって、卯之吉が三日も家に帰って来ないんですよっ」

お紺はいきなり、答えにもならない言葉を吐いた。

「お内儀さん、ですから、そんなことをどうしてうちに来てお尋ねになるのかが」

「四日前、夕刻家を出たうちのが、日暮れるとすぐ、青ざめた顔をして帰って来たんですっ」

お紺は、お寅の問いかけが聞こえたのかどうか、繋がりのない話を口にした。

「うちのがっていうのは、その倅のことかね？」

お菅が口を挟むと、

「うちのっていうのは、亭主のことに決まってるじゃありませんか」

お紺は更に高ぶると、金切り声を張り上げた。

「旦那がお帰りなら言うことないじゃありませんか」

お寅が不審を口にすると、

「出かけた先は、どうせ『玄治店』のあの女のところだと踏んでいたのに、すぐに帰って来たから玄関払いにでもあったのかと笑ってやったら、女の家の戸が開かないというじゃありませんか」

とりとめのないお紺の話について行けず、小梅たちは顔を見合わせて首を捻った。

「女の家の外で半刻（約一時間）待っても帰って来ないから、しびれを切らして大家の所に行って不審を口にすると、あの女は一日前に『玄治店』の住まいを引き払って、どこかへ引っ越したと言われたようで、うちのは、顔を青ざめさせてました」

お紺は、小梅たちの思いなどに関わりなく、腹に溜めていた物をぎすぎすと吐き出す。

「そしたらうちのは、月々の手当ての三両（約三〇万円）をつい二日前にお玉に渡したばっかりだったと口にして、わたしの前で膝を突いて、がっくりと項垂《うなだ》れるじゃありませんか」

「ということはお内儀さん、お玉さんは、旦那にも黙っていなくなったってことだね」

お寅が密やかな声で問いかけると、

「だからわたし、つい、ざまぁないと言ってやったんですよ。そんな女に入れあげたから、みっともない仕打ちをうけてしまったんだよってね。そしたら、あぁた、倅の卯之吉まで家から姿を消してしまったんだ」

お紺はそう言うと、泣きそうな顔になって唇を噛み締め、足元をふらつかせて上がり框に腰を掛けた。

卯之吉が家を空けて三日になるが、今日までなんの音沙汰もないと、お紺は声を絞り出した。

しかもこの日、商いの金箱から五両（約五〇万円）ばかりが消えていることに気付いたのだという。

お玉と卯之吉が、奇しくも同じ時期に姿を消したことに不審を感じたお紺は、『笠間屋』の大家を訪ねて、お玉の家に出入りする若い男の有無を尋ねると、『玄治店』の旦那以外に心当たりはないとの返事だった。

だがすぐに、

「お玉さんが引っ越しをした日でしたが、家財道具一切を積み終わったあとわたしの家に現れて、引っ越し先が落ち着いたら改めて行先を知らせると挨拶に来ましたよ。帰っていくお玉さんを見送りに家を出てみると、天水桶の陰から出てきた若い男が荷を積んだ大八車の梶棒を取ると、お玉さんまでその梶棒に手を掛けて、二人して車を曳いて人形町通へ出て行くのを見ましたがね」

そう話をした大家によれば、車を曳いた若い男は初めて見る顔だったという。

「その若い男の人相風体を大家さんから聞きますと、どうやら、うちの卯之吉に間違いないようなんです」

くぐもったお紺の発言に、

「ほら、あたしが睨《にら》んだ通り、二人は出来てたんだよ」

したり顔のお菅の言葉に、小梅とお寅は思わず顔を見合わせた。

「あぁた、あの女がうちの伜と出来てると、いつ睨んだんですかっ」

いきなり腰を上げたお紺がきっとお菅を見据えたが、

「あれは、いつだったかね」

お菅は動じることなく、思案するように首を傾げる。

そこへお寅が、

「そいつは確か、年明け早々の二日の夜だよ。お玉さんの家から出てきた若旦那をお玉さんが見送りに出たのを見たと話してくれたじゃないか」

思案顔で口を挟んだ。

「そそそ」

お菅は、日にちを口にしたお寅に大きく頷いた。

その時お菅は、見送るお玉の右手が帰っていく卯之吉の袖口を摑んで、いかにも帰したくなさそうな様子に見えたと、小梅とお寅にそう語っていたのだ。

「その時気付いていながら、あんたがたはどうしてっ！」

小梅たちに怒りの声を向けたお紺はすぐに、

「あの女と卯之吉に駆け落ち者の烙印が押されたら、伜はこの先、どうやって生きるのか——」

　意気消沈して、声を低めた。

「いやいや、お内儀さん、世間を憚《はばか》っての駆け落ちは罪でしょうが、お玉さんは隣近所に挨拶して堂々と引っ越して行ったんですから、駆け落ちなんかじゃなく、ただの転居ですよ」

「そうそう。そこに男がくっついて行ったというだけのことですから」

　お菅が、お寅の意見を受けてさらに付け加えると、

「あの二人、なにも世間に憚るようなことはしてませんから、大丈夫ですよ」

　お紺の不安を取り除こうと、小梅は明るく声を掛けた。

　すると、

「お前さんがた、寄ってたかってあの女の肩を持つんだねっ」

　お紺は、小梅たちを睨みつける。

「いえ、味方とか敵とかじゃなく」

「だったら、女の行先をわたしに教えなさいっ」

　険しい顔付になったお紺は、小梅の言葉を断ち切って吠えた。

「行先は、わたしらも聞いちゃいないんですよ」

小梅は努めて穏やかな物言いをしたが、

「ちきしょう。あんたたち母子はよくもあの女に、男をたぶらかす灸を据えたもんだなっ」

悪態をついたお紺は裾を翻し、開けたままの戸から表へと飛び出して行った。

「あぁあ。やっぱり、世の中は何が起こるか知れたもんじゃないねぇ」

お寅はまるで謡《うた》うように、のどかな物言いをした。

三

日が暮れて半刻ばかりが経った大門通を、襟巻を巻いた着物姿の小梅が竈河岸《へっついがし》の方へ足を向けている。

通りの両側の商家はほとんどが大戸を下ろしているが、料理屋、飯屋、居酒屋などから明かりが零《こぼ》れて通りを照らしていた。

明日は月が替わって二月になる。

夜風はまだ冷たいものの、春も半ばの時候になったせいか、夜の巷を徘徊する浮かれ者たちをよく見かける。

小梅が住む日本橋高砂町界隈は、今は元吉原と呼ばれるかつての遊郭の一角だから、大小の飲食の店も多い。

神田鍋町の瀬戸物屋の内儀、お紺が、倅の行方を聞きに『薬師庵』に駆け込んだ日の夜である。

夕餉の片付けを済ませた後、小梅は『薬師庵』からほど近い、日本橋住吉町裏河岸の五軒長屋、『嘉平店』にある『鬼切屋』に足を向けていた。

『鬼切屋』というのは、かつて勇名を馳せた香具師の屋号だが、その看板は二代目の代で消えている。

『嘉平店』には、かつての『鬼切屋』に所縁《ゆかり》の男たちが、昔を懐かしんで顔を寄せ合う九尺二間の一軒があり、その戸口には『鬼切屋』と書かれた小さな木札が控えめに下げられていた。

そこには今、父を継いで三代目になるはずだった二代目の倅、正之助が一人暮らしをしている。

「夜分すみません、小梅ですが」

『鬼切屋』の戸口で小梅が声を掛けると、

「お入り」

中から、しわがれた治郎兵衛の声がした。

戸を開けた小梅が土間に足を踏み入れると、今年五十八になった治郎兵衛と三十一の佐次が丸火鉢を挟んで、肴を口にしながら燗酒《かんざけ》を飲んでいた。

「まぁ、お上がりよ」

「じゃ、遠慮なく」

治郎兵衛に勧められて板の間に上がった小梅は、

「佐次さんも居たのなら丁度良かった」

そう言いながら、火鉢の傍で膝を揃える。

「ちょうどいいというと？」

佐次に尋ねられた小梅は、

「ほら、この前食い逃げで自身番に繋がれた男の今後を、佐次さんに頼んだっていうことを、正之助さんにもひと言お礼をしておこうと思って」

「あぁ。それについちゃ、おれが三代目に取り次いだから気にしなくて構わないよ」

　佐次はそう言うと、小梅に向かって笑みを見せた。

　この家の主の正之助は、世が世なら『鬼切屋』の三代目なのだが、二代目で途絶えた後は、料理屋の帳場で算盤を弾いての帳面付けに励んだ後、今は口入れ屋の帳場で得意の読み書き算盤を生かして奉公している。

「正之助さんは、湯屋ですか」

　小梅が改めて家の中を見回して口にすると、

「なんの。三代目は人当たりがいいからみんなに気に入られて、今夜だって、得意先の呉服屋の主人に招かれて料理屋のお座敷だよ」

　そう言うや否や、

「小梅さん」

　佐次が徳利を突き出すと、治郎兵衛は気を利かせて、いくつもの猪口《ちょこ》やぐい飲みが並んだ竹籠から猪口を摘まんで小梅に持たせた。

　その猪口を差し出して、佐次の酌を受けると、

「いただきます」

小梅は口を付けた。

「この前は詳しく聞かなかったが、なんだって、深川油堀の猫助の子分だった男を奉行所のお役人からもらい受けたんだね」

治郎兵衛の問いかけには非難じみた響きはなかった。

小梅が、食い逃げで捕まった弥助を、北町奉行所の同心、大森平助からもらい受けたのは、六日前のことである。

その日、弥助を伴って治郎兵衛の住まいを訪ねた小梅は、奉行所の役人からもらい受けた経緯を話し、仕事の口を見つけてやってほしいとの思いを伝えると、治郎兵衛は快く請け合ってくれた。

その晩は、治郎兵衛が、塒《ねぐら》のない弥助を自分の長屋に泊めてくれることになった。

ところがその翌日、『薬師庵』にやってきた佐次が、

「そんな男は、とっつぁんのところに置くより、年の近い金助に面倒を見させることにしたよ」

小梅にこう告げたのだ。

つまり、前夜から、金助という自分の舎弟の長屋に弥助を同居させたと、知らせに来てくれたのである。

その経緯を聞いた小梅は、それはそれでよかったと安堵し、佐次に篤《あつ》く礼を述べた。

弥助の年は二十だが、金助はそれよりひとつ下の十九だった。

「弥助を同心の大森様からもらい受ける気になったのは、食い逃げをするまで落ちた身の上を語る様子が、余りにも哀れに思いましてね」

小梅は、弥助を引き取ったわけを聞いた治郎兵衛に、正直な気持ちを伝えた。

孤児だった弥助は、物心ついた時には同じ境遇の連中と徒党を組んで、生きるために盗みなどに手を染めていたという。

年を経て、博徒である『油堀の猫助』の身内になると、下っ端ながらも、肩で風を切って深川をのし歩いていたものの、親分の猫助が殺された途端、行き場を失った弥助は、食い逃げで飢えをしのぐしかなくなったことに打ちひしがれていた。

「それで、何とかしてやろうという気になってしまいました」

そう打ち明けたが、そこで少し息を継ぐと、さらに続けた。

「いえ。それだけじゃなく、材木問屋の『木島屋』で手代をしていた小三郎という男の行方が知れるかもしれないという思惑が、ちらりと頭をかすめたような気もします」

恋仲だった清七の死に小三郎が関わっていると睨んでいた小梅は、『木島屋』に出入りしていた弥助なら、その消息を知っているのではないかと、一縷《いちる》の望みを抱いていたのも事実であった。

「その弥助が、捜していた小三郎を上野で見かけたってことだから、思惑が当たってよかったじゃないか」

「はい」

小梅は、声を掛けてくれた治郎兵衛に、正直に頷いた。

「小三郎って奴に聞けば、清七さんの死体が汐留川に浮かんでいたわけが知れるかもしれないねぇ」

盃の酒をくいっと飲み干した佐次が、しみじみと声にした。

「わたしは、それだけじゃなく、一年以上も前の、中村座から出た火事も、火の始末が悪かったせいだとは言えなくなるかもしれないと思ってるんですよ」

「そりゃ、つまり、巷で密かに言われている、芝居町の火事は付け火だったかもしれねぇということだね」

声を低めた治郎兵衛に、小梅は黙って頷いた。

四

飲み食いをする手を止めてしまった治郎兵衛と佐次は、小梅とともに無言で火鉢を囲んでいる。

声の途切れた『鬼切屋』に、遠くの方からピーッと、笛の音が届いた。

商売仇ともいえる按摩《あんま》の笛を時々耳にするが、小梅には張り合う気など毛頭ない。

ゆったりとした歩調に合わせて、客を求める笛の音がゆっくりと遠のいて行った。

「清七さんが言い残した才次郎というのが、『木島屋』の手代だった小三郎だと、小梅さんは言っていたね」

以前、そんな話を伝えたことのある治郎兵衛から、小梅は確かめるような問いかけをされた。

「はい」

小梅は大きく頷いた。清七が、京扇子屋の手代と名乗った才次郎と初めて対面した、日本橋葺屋町の芝居茶屋のもと番頭だった寿八郎《じゅはちろう》も、才次郎の左耳の下にある黒子を見ていた。それと同じような黒子が『木島屋』の手代、小三郎の耳の下にあったことは、小梅も見て知っていた。

「とっつぁん、こりゃなんだね。『木島屋』の小三郎って野郎は、時に才次郎と名乗って、世間の裏側を泳いでいたとしか思えないねぇ」

佐次は低い声でそう述べたが、それは小梅も同感だった。

日本橋芝居町の火事から一年ほどが経った去年の十月、かつて大工の辰治と名乗って清七に近づいたと思われる『賽の目の銀二』が殺され、才次郎と名乗った『木島屋』の小三郎は、行方知れずになっていた。

それを知った清七は、その二人が近づいて来た裏には、余人には知られたくない恐ろしい思惑があったのではないかと感じ取っていたに違いない。

それを突き止めると口にした清七は、死んで汐留川に浮かんだのだ。

突然、長屋の路地でワンワンと吠え立てる犬の声がした。

「こら、向こう行け」

聞き覚えのある声がして二つばかりの足音が近づくと、

「金助です」

声と同時に、戸が開けられて、金助と弥助が土間に入り込んだ。

「小梅さん来てたんですか」

「四半刻（約三十分）ぐらい前から」

小梅が金助に返答すると、脇に立っていた弥助が、火鉢を囲んでいた三人に向かって丁寧に頭を下げた。

「お前ら飯は」

佐次が尋ねると、

「竈河岸で飯を掻《か》っ込んだもんだから、ちょっと寄ってみようと思いまして」

そう返事をした金助の眼が、火鉢の傍の、徳利の並んだお盆に注がれた。

「三代目が帰って来るまで、ここで飲んでいきな」

治郎兵衛の声に、

「へい、遠慮なく」

金助は弥助を促し、二人して土間を上がった。

「金ちゃん、弥助さんを同居させてくれたそうで、礼を言うよ」

小梅が改まると、

「なんの」

金助は笑って、片手を左右に大きく打ち振った。

「金助は弥助に、〈雷避けの札売り〉の仕事を仕込んでるんだよ」

笑顔の佐次からそんな声を聞いた小梅が、

「へぇ。そりゃなによりじゃないか」

笑みを向けた。

「はい。仕込んで頂いてます」

背筋を伸ばして畏まった弥助は、誰にともなく殊勝に首を垂れた。

弥助が『鬼切屋』の人たちと馴染んでいる様子を見て安堵した小梅は、辞去の挨拶を済ませると、『嘉平店』の路地へと出た。

長屋の木戸口へ向けてほんの少し足を進めた時、背後から駆けて来る足音に気付いた。

「なんだい」

振り向いた小梅は、駆け寄って来る弥助に声を掛ける。

「おれを、『鬼切屋』さんに引き合わせていただいて、小梅さんには改めてお礼を」

そこまで言うと、弥助はぺこりと首を折り、

「正之助さんはじめ、治郎兵衛さん佐次さん吉松さん金助さん、皆さんによくしてもらってます」

「そりゃよかった」

小梅の声に、

「はい」

弥助は素直に返事をし、さらに、

「おれ、油堀の猫助親分のとこじゃ、いつも気が利かねえだのぼんくらだのと、虫けらみてぇな扱いをされてたから、ここじゃみんな、人並みの付き合いをしてくださるんで、それが、嬉しいんです。だからね、そのお礼と言っちゃなんだけど、小梅さんのためならなんでもするつもりですから、何かあれば遠慮なくおれに言いつ

けてください」

真剣な面持ちで思いを口にすると、下僕のように腰を曲げた。

「ありがとう。その時は、頼りにするよ」

小梅が笑顔で答えると、弥助はまた深々と頭を下げた。

五

霊岸島新川に架かる三ノ橋の真ん中で、道具箱を提げた小梅は足を止めた。

右手に見える大川の流れが、二、三町（約二二〇～三三〇メートル）先で江戸の内海に注ぎ込む辺りだった。

波打つ川面は、西に傾いた日の光を穏やかに煌めかせている。

『鬼切屋』を訪ねた夜から三日が経った二月三日の午後である。

八つ（二時頃）の鐘を聞いてから半刻（約一時間）ばかりが過ぎていた。

霊岸島南新堀の廻船問屋の主を退いて、三ノ橋に近い稲荷河岸に引っ込んだ老爺の隠居所へ出療治に行った小梅は、霊岸島新堀に架かる豊海《とよみ》橋を渡って永代橋西詰に出るつもりだった。

三ノ橋で足を止めた小梅の眼は、これから向かう大川の対岸にある、深川相川町に向いている。

そこには、『小助店』という棟割長屋が建っていたのだが、昨年の初冬、建物は壊されて更地になった。

長屋を追われるまで『小助店』に住んでいた屋根屋職人の吾平が、先日、療治のために『薬師庵』に現れて、跡地には数寄屋造りの屋敷が建っていると話したばかりだった。

すぐに見に行こうと思ったものの、灸据えの用事が立て込んでいて、今日までそれはかなわなかったのだ。

この日の最後の出療治が霊岸島と知った小梅は、

「しばらくご無沙汰しているから、深川まで足を延ばして、『三春屋』のお千賀さんのところに顔出ししてくる」

お寅に告げて『薬師庵』を出てきたのだが、それは、『小助店』の跡地に建った屋敷を見るための口実だった。

大川の河口近くに架かる永代橋は、長さ百二十間（約二一六メートル）余と言われている。

小梅はそれを渡り切ると、ぶつかった深川佐賀町で右へ折れ、一町（約一一〇メートル）ばかり進んだ通りの左右に深川相川町はあった。

通りの左側の裏手には、御船手組屋敷や信濃松代藩、真田《さなだ》家の下屋敷があるが、右側に軒を並べる町家の向こうは大川の岸辺に面している。

かつて『小助店』があったのは、大川に面した、湿気を含んだ荒れた場所だった。

町家の中ほどにある小道を大川の岸辺の方へと曲がると、『小助店』のあった土地は三尺ばかりかさ上げされており、竹垣の張り巡らされた敷地の中に立つ平屋の家が見えた。

通りから三段の石段があり、その上に檜皮葺《ひわだぶき》の門があった。

その左右の一間（約一・八メートル）は網代垣《あじろがき》になっていて、その先に竹の小枝の大徳寺垣が左右に延びていた。

門柱には『笹生亭《さそうてい》』と書かれた小さな木札が、目立たないようさりげなく下がっているが、敷地内には常緑の植栽が多く、塀の中を覗くことは容易ではない。

この土地は、もともと深川の材木問屋『木島屋』の持ち物だったが、昨年、主筋にあたる材木問屋『日向屋』に献上されたと聞いていた。

家の中から物音はなく、人の気配も窺えないが、建物の川岸寄りに立つ煙出《けむだ》しから煙が出ているところを見ると、『日向屋』の主、勘右衛門が来ない時も屋敷の世話をする者が常駐しているのかもしれない。

海辺に近い建物はまめに手入れをしないと、潮風で傷みやすいのだ。

「今度また立ち寄らせていただきます」

煙を吐き出している建物の南端辺りから女の声がした。

すると、檜皮葺門から少し川岸寄りの、小道と同じ高さに作られた柴垣が中から開いて、小さな木箱を背負い、『はり』と記された小さな幟《のぼり》を背に挿した女笠の針売りが屋敷から出てきた。

立ち止まっていた小梅は、さりげなく大川の方へと足を向ける。

「唐針《とうばり》ぃ、印針《しるしばり》ぃ」

売り声を上げてすれ違った途端、針売りが驚いたように足を止めた。

その動きに眼を留めた小梅は、

「おまえ――！」

笠の下に、浅からぬ因縁のあるお園《その》の顔を見つけて声を出したがあとが続かない。

「ここへは、初めてですか」

静かに問いかけたお園に、小梅は黙って頷いた。

「ここで立ち話もなんですから」

お園は、小梅を誘うようにして川端の方へ足を向けた。

素直に従った小梅は、川端で足を止めたお園と並んで立ち、川面を向く。

対岸の霊岸島にある越前福井藩、松平越前守家の広大な下屋敷の、大小の屋根が西日を背に黒い影となっているのが見える。

西に傾いた日は、あと一刻足らずで越前藩邸の彼方に沈むものと思われる。

「お前さん、いつから針売りに――？」

「深川で、材木問屋『木島屋』の主と油堀の猫助親分がむごたらしく殺されたあとですよ」

お園は、小梅の問いかけに気負い込むことなく淡々と答えた。

「どうしてまた、針売りに」

「女の髪を結うのも奢侈禁止の御触れに背くことになる昨今ですから、髪結いの道具箱を提げて動き回るのは憚られるんですよ。それに、針売りなら、どんな小道の奥の長屋にも入り込めるし、お屋敷の立ち並ぶ武家地を売り歩いても怪しまれることがありませんから」

お園は依然として、穏やかな受け答えをした。

「小梅さんは、さっき、わたしが出てきたお屋敷は、誰のものか知っておいでになったんですか」

「『木島屋』の持ち物だった土地を材木問屋の『日向屋』さんがもらい受けたということは、去年、お前さんに聞かされた覚えがあるよ」

昨年の十一月半ば頃だったが、

「ここを掘り起こして大小の石を敷き詰めた末に、土地をかさ上げした『木島屋』が、『日向屋』に差し出す手はずになっているようです」

お園がそう口にしたことを、小梅は忘れていなかった。

「そりゃ、『日向屋』が建てたことに違いはありませんが、この屋敷を我がものとして使うのは、別のお人なんですよ」

「あぁ。それなら、大方、身受けした芸者かなんかを住まわせようって寸法だろうって、うちのおっ母さんは言っていたけどね」

その時は、囲われ女の住む家が数寄屋造りということに違和感を抱いていた小梅だったが、『日向屋』の勘右衛門以外に、誰が使うのかは見当がつかなかった。

「鳥居耀蔵ですよ」

「え」

お園の口からさらりと出た名を聞いた小梅は、息を呑んだ。

鳥居耀蔵は、老中、水野忠邦が推し進める奢侈禁止令を先頭に立って施行している。権謀術数に長けた上に、背く者は厳罰を以《もっ》て捕縛、拘禁する市中の指揮官であり、南町奉行でもあった。

「どうしてわかった」

小梅は思わず声を低めてしまった。

「針売りをしていると、武家地を徘徊しても怪しむ者なんかいないと言ったじゃありませんか。だからね、下谷《したや》の鳥居屋敷の近辺を動き回って鳥居耀蔵の動きを探ることも出来たんです」

　お園はさらに、

「先月の半ば頃、三、四人の供に守られた乗り物が鳥居屋敷から出てきたところに出くわしたものだから、これ幸いとあとを付けましたよ」

　そうしたら、乗り物は深川相川町の屋敷の前で止まったという。

　そこで乗り物を降り、檜皮葺の門を潜って屋敷に入る鳥居耀蔵を間近で眼にすることが出来たと打ち明けた。

「お園さんあんた、鳥居耀蔵の顔を見知っていたのかい」

「いいえ。普段は見かけることなど出来ないお奉行様ですから」

「だったらどうして――」

　小梅が、横に立つお園を訝《いぶか》るように見た。

「乗り物から降りた侍の羽織に、鳥居笹の家紋がありました。その紋は、お旗本、鳥居家の家紋だと知っていましたし、年恰好も、鳥居耀蔵と同じくらいかと」

　お園の推量に感心した小梅は声もなく、数寄屋造りの屋敷のある方へ顔を向けた。

　鳥居耀蔵と思しき侍が門の中に入ると、乗り物と従者は引き返して行ったと呟い

たお園は、

「屋敷の門の脇に、『笹生亭』と表札があったでしょう。あれは、笹が生い茂っているところに立つ鳥居屋敷だということでしょうが、わたしに言わせれば、高慢ちきな驕《おご》り高ぶりの表れですよ」

敵意を剝き出しにして吐き捨てた。

「今日も、鳥居耀蔵は来ているのかい」

小梅が、静かに問いかけると、

「いえ。今日は来ているようには見えませんね。ただ、ここには年の行った下男夫婦が詰めていますから、物売りになって立ち寄れば、いずれこの家の主の動きはわたしの手のうちに入ると思います」

お園から、抑制を利かせた声が返ってきた。

かぁ――頭上を、のんびりとした啼《な》き声を響かせて、烏《からす》が数羽、永代寺の方へ飛んで行く。

ほどなく、西の空に日が沈もうという頃おいである。

「お園さん、河岸を変えて、じっくりと話をしようじゃないか」

いきなりの申し出に、お園は微かに、どうしたものかという風な躊躇《ためら》いを見せた。

「わたしの方にも、ちょっとした拾い物があったもんだからさ」

口の端に笑みを浮かべて小梅が言葉を繋げると、お園は小さく頷いた。

六

深川相川町の大川端をあとにした小梅とお園は、永代寺門前町の大島川の畔《ほとり》を蓬《ほう》莱《らい》橋の方へと向かっている。

蓬莱橋は二十間川とも呼ばれる大島川に架かる小橋で、富ヶ岡八幡宮の二ノ鳥居へ延びる道と、深川佃町とを結んでいた。

夕闇が迫っている蓬莱橋の南詰にある深川佃町の角地に、明かりの灯された提灯が下がっており、『三春屋』という文字が記されている。

ここは以前も、お園を案内した居酒屋だった。

「こんばんは」

腰高障子の戸を開けて店の中に足を踏み入れると、

「おいでなさい」

空いた器をお盆に重ねて土間に下りた貞二郎《さだじろう》が二人の前で足を止め、

「お好きな所へどうぞ」

六、七分入った客たちが腰を下ろしている入れ込みの板の間を指し示して、板場へと去って行く。

土間で履物を脱ごうとした小梅が、

「あ」

小さな声を洩らして、板の間の客に眼を留めた。

土間から近い板の間に胡坐《あぐら》をかき、汁椀と焼き魚を前にして飯を掻きこんでいる式伊十郎の姿があった。

料理の皿に伸ばした箸をふと止めた伊十郎が、小梅とお園に気付いて軽く首を垂れた。

「あぁ。あの人、ここんとこ一人で顔を出すんだよ」

小梅とお園の横を通りかかって声を掛けたのは、四、五本の徳利の載った盆を手にした千賀である。

板の間に上がって、伊十郎の前に徳利を一本置いた千賀が、

「あの二人とご一緒で構いませんかねぇ」

土間に立っている小梅とお園を手で指し示した。

「わたしは、一向にかまいませんが」

伊十郎が頷くと、

「とにかくお上がりなさいよ」

千賀は、小梅とお園を促し、他の客の所へ徳利を運んで行った。

「だけど、他人が傍にいると込み入った話が出来ないんじゃありませんか」

言葉は穏やかだが、お園は伊十郎との同席に乗り気ではないようだ。

「でもね、あの人も満更他人とは言えない間柄だよ」

そう口にした小梅が土間を上がって板の間を進むと、お園は少し遅れたものの、
伊十郎の近くに来て小梅と並んで膝を揃えた。

「食べるものと酒は、あたしが見繕って運ぶから、それでいいね」

「お願いします」

小梅が返答すると、千賀は土間に下りて慌ただしく板場に飛び込んだ。

伊十郎は、二人を前にしても殊更急ぐこともなく、残り少なくなっていた食事を腹に納めてから箸を置いた。

「気の利いた女なら、ここで酌なんかして差し上げるんでしょうが、わたしは生憎《あいにく》人様に酌をするのが嫌な性質《たち》ですから、ご勘弁願います」

「そりゃ丁度良かった。わたしも酌をされるのはどうも好かんのです」

伊十郎は小梅に頷くと、自ら徳利を摘まんで猪口に注ぐ。

突然アハハハと、近くで飲み食いをしていた揃いの半纏を着込んだ大工らしい四人から笑い声が轟《とどろ》いた。

「小梅さんさっき、こちらは満更他人じゃないと言いましたけど、それはどういうことでしょう」

お園の物言いに棘《とげ》はなかったが、その顔付は幾分硬い。

「この式伊十郎さんも、例の鳥居耀蔵に冷や飯を食わされた一人なんだよ」

小梅は、お園の耳元で声を低めて告げた。

すると、声もなく口を「え」という形にしたお園が、猪口を口に運ぶ伊十郎に眼を遣った。

「式さんが仕えていた殿様っていうのが、一年と少し前まで南町奉行だった矢部定謙様だ」

小梅が事情を解き明かすと、

「あ」

お園は眼を見開いて声にならない声を洩らした。

南町奉行だった矢部定謙が、鳥居耀蔵の讒言《ざんげん》によって奉行職を罷免されるという憂き目に遭った末、伊勢桑名藩にお預けとなった経緯はおそらくお園も知っていたに違いない。

身に覚えのない罪科を着せられた矢部定謙は、お預け先で食を絶ち、憤死に及んだのだった。

「だから、式さんは主家を失って浪人になってしまったっていう可哀相な身の上なんだよ」

小梅が話をする間も、お園の眼は伊十郎に向けられたままだった。

「それで、今、何をして暮らしを立てておいでですか」

「あ、そうそう。それを聞きたかったんですよ。ここに来て飯代も払っているようだから」

小梅は、お園に続いて問いかけた。

「年明けてからすぐ、遠国《おんごく》から江戸に出てきたお店の奉公人や日傭取《ひようと》り、それに料理屋の女や岡場所の女のための、代筆の仕事を得ることになって、うん」

伊十郎はそう言うと、笑みを零した。

そんな者たちの文の代筆も請け負うし、馴染みの客に送る女郎たちの切なる思いや催促を認《したた》めてやるのだとも続けた。

「お待たせを」

芋とこんにゃくの煮つけ、焼豆腐、白魚の卵とじなどの料理と徳利を二本載せた盆を運んできた貞二郎が、板の間に膝を揃えて小梅とお園の前に並べる。

「わたしはさっそく手酌で」

言うが早いか、小梅は自分の盃に徳利を傾ける。

すると、お園もそれに続き、二人はなんとなく盃を掲げて口に運んだ。

「それで、式さんの仕事は代筆だけですか」

「いや。他にも、近くの寺に頼まれて境内の掃除や見回りなどを――」

なんとなく言いにくそうな様子を見せた伊十郎は、

「いや、当初は火の用心のための夜の見回りだったのだが、次第にその、境内に客を連れ込んだ末に、金のことで悶着を起こす夜鷹の取り締まりをな。諍《いさか》いの末に、境内で刃傷沙汰《にんじょうざた》など起こされては厄介ゆえ、たまには仲裁に入って、寺の外にお引き取り願うわけです。それ以外の、おとなしい夜鷹と客なら、見て見ぬふりをしてやってますがね」

話し終えると、フウッと、大きく息を吐いた。

「お寺さんには衆生《しゅじょう》を救う務めがあるそうだから、それは仕方のないことじゃないんですか」

小梅は、なぐさめるような物言いをして、残っていた猪口の酒を飲み干した。

七

居酒屋『三春屋』の中は、先刻よりも幾分賑やかになっている。

小梅とお園が、先客だった式伊十郎と飲み食いを始めてから、四半刻以上が経っていた。

出入り口の腰高障子はすっかり明るみが消えていて、深川佃町一帯には夜の帳《とばり》が下りたようだ。

小梅たちが腰を落ち着けているのは、土間から近い板の間の一角だが、周りに居た客の何人かは店を出て行って、新たな顔ぶれが見て取れた。

陽気な声で飲み食いをしていた四人の大工は、ほんの少し前に店を出て行き、膝から下を剝き出しにした駕籠舁きと思しき四人連れの男たちや、小店の奉公人らしき若い男の二人連れが、にやにやと含み笑いを浮かべて盃を重ねている。

若い男の二人連れは、これから岡場所に繰り出そうという算段をしているのかもしれない。

幕府が公認している遊郭は吉原しかなく、その他の遊里は岡場所と呼ばれて江戸の諸方にあった。岡場所の多くは、根津や音羽、谷中など、人の集まる寺社の門前で繁盛していた。

その中でも、永代寺や富ヶ岡八幡宮を擁する深川には〈七場所〉と呼ばれる岡場所が繁盛しており、それより格の落ちる〈三角屋敷〉とか〈網打場〉などには、女郎が寝起きしている切見世《きりみせ》もあった。

　小梅もお園も伊十郎も、食事は少し前に食べ終えており、今はもっぱら、目刺しや漬物などを肴に飲んでいる。

「しかし、お二人が連れ立っておいでとは、何事ですか」

　酒になってからとりとめのない話を続けていた伊十郎が、ふと思い立ったように小梅とお園に尋ねた。

「なにも、待ち合わせていたわけじゃないんです」

　お園は曖昧な返事をしたが、

「深川に来てみたら、とあるところでばったりと出くわしたものですから」

　小梅は、思わせぶりな物言いをした。

「とあるところとは、いささか気になりますな」

　口に運びかけていた盃を止めて、伊十郎はぼそりと呟く。

「大川の岸辺に近い深川相川町に、鳥居耀蔵の屋敷があるんですよ」

「しかし、鳥居家の屋敷は下谷《したや》練塀小路《ねりべいこうじ》のはずだが」

　伊十郎は小梅にそう言うと、盃の酒を飲んだ。

「材木問屋『日向屋』の土地に建てられた数寄屋造りの家は、多分、鳥居家の別邸として使われているんですよ」

抑揚のない物言いをしたお園の声には、棘のようなものがあった。

徳利に手を伸ばした伊十郎が、自分の盃に酒を注ぎながら、

「『日向屋』の土地にねぇ」

何か思案でもするように、独り言を洩らした。

「『日向屋』をご存じで？」

「日本橋本材木町の、名だたる材木商ということはね」

小梅に返事をすると同時に、伊十郎はひとつ小さく頷いた。

するとその時、少し離れたところで飲み食いをしていた男の一団の辺りから、丼の落ちる音がした。

「何か零れましたか」

板場から飛び出した千賀が声を掛けると、

「すまねぇ。丼は空だったよ」

男の一人から陽気な声がすると、

「騒がせちまって申し訳ねぇ」

別の男が板の間の客たちに詫びの声を向けたお蔭で、騒ぎはあっという間に収まった。

「矢部定謙様のご家来ということは、式さんにとって、鳥居耀蔵は、わたしと同じくらい恨みのある憎い相手というわけですね」

先刻から幾分口数の少なくなっていたお園が、盃に残っていた酒に口を付けると、独り言のように呟いた。

「同じくらいというと――」

伊十郎が静かに問いかけたが、お園は、「ええ」というだけで、曖昧な笑みを浮かべるばかりである。

「式さんにはわたしから言おうか」

小梅が尋ねると、小さく頷いたお園は近くの徳利を摑んだ。

「奢侈禁止令が出たあと、とうとう女髪結いもご法度になったじゃありませんか。ある時、お園さんの姉さん格の女髪結いが、密かにお旗本の娘さんの髪を結ったことがお上に知れて、三十日の手鎖《てじょう》という罰を受けたんですよ」

小梅の話に、伊十郎はお園の方に眼を遣った。

「そのくらいの刑罰を終えたら、幾らでもやり直しはきくはずなのに、小夜《さよ》さんというお園さんの姉さん格は、罰を受けたことやなんかで気を病んでしまったのか、一人そっと、首を括《くく》ってしまいましてね」

「なんと」

伊十郎が初めて声を出して反応した。

「髪結いを頼んだお旗本にはなんのお咎《とが》めもなく、どうして頼まれ仕事を請け負った髪結いだけが罰せられなきゃいけないのかっていうのが、お園さんには我慢のならないことなんですよ」

「それだけじゃありません」

静かに口を挟んだお園は、

「奢侈禁止令には、お咎めを受けるのは町人だけで、武士には及ばぬという一項目があると聞いています。わたしはそのことが憎くて仕方ないんですよっ」

お園は声高に言い放ったが、その内容は恐らく、周りの客たちの話し声や笑い声に紛れたと思われる。

周囲の客がお園の声に反応を示すことはなかった。

「町中でこつこつ銀を叩き延ばす錺《かざり》職人も、わたしら髪結いも、豪華な織物を織る機織《はたお》り職人にしたって、金銀の糸や板を使いはしますけど、食っていくためですよ。自分の身を飾るためじゃないんだ。そりゃ、お客さんが簪《かんざし》を挿す髪を結っていたけど、髪結いが手にする賃金は、一人十六文（約四〇〇円）ですよ。一日五、六人の髪を結っても実入りは八十文から九十六文（約二〇〇〇円〜二四〇〇円）にしかならない勘定です。そんな髪結いの何が贅沢だと、お上はお言いなんでしょうかね」

一気に話し終えると、お園ははぁと息を継ぎ、徳利の酒を自分の盃に注いだ。

「お園さんの怒りの底にあるものは、ひところ、武家屋敷から盗んだ奢侈な飾り物や道具を高札場などに晒した『からす天狗』の所業と相通ずるものがありますなあ」

伊十郎はお園に向かって姿勢を正すと、感心したように、しみじみと口にした。

お園は、伊十郎の声に反応を示すことなく、酒の満ちた盃をゆっくりと口に運ぶ。

かの『からす天狗』がお園だということを小梅は知っているが、そのことは伏せた。

八

居酒屋『三春屋』の客の顔が、また少し入れ替わっている。

小梅やお園、伊十郎たちの近くで飲み食いをしていた小店の奉公人風の若い男二人は、四半刻ほど前に店を出て行ったし、仕事終わりの酒を飲みに来ていた担ぎ商いの男や巡礼の夫婦者たちもほんの少し前に引き上げて行った。

新たに店の客となったのは、揃いの半纏を着ている三人の中間《ちゅうげん》である。恐らく近隣の武家屋敷に雇われている連中に違いない。

『三春屋』の南側の海辺新田には、越後高田藩榊原家の下屋敷、その隣りには伊勢桑名藩松平家の下屋敷がある。海辺新田の西方には、四国蜂須賀家の抱屋敷をはじめ、三河吉田藩松平家、紀伊新宮《しんぐう》藩水野家などの抱地や抱屋敷もあった。参勤の時に藩主が居住する上屋敷ならいざ知らず、江戸の中心から離れた場所にある中屋敷、下屋敷では、藩士をはじめ、中間など使用人の出入りはそれほど厳しくはなかった。

「お上への恨みを抱いているのは、なにもわたしだけじゃなく、小梅さんもでしよ」

　特段、気負い込むこともなく、お園がさらりと口にした。

「なにも、お上に対してどうこうなんて思いは、わたしにはありませんがね」

　そう返答して小首を傾げた小梅は、箸で摘まんだ大根の漬物を口に放り込む。

「でも、一年半ほど前の、中村座から出た火事で市村座や周りの町内も焼けて、小梅さんは父親を亡くしたんでしょ。その挙句、芝居町は浅草に移されて、以前は賑わっていた日本橋の芝居町は、化粧が剝げ落ちた寝ぼけ顔になってしまったじゃありませんか」

「それで、どうしてお上を恨むっていうんだい」

　声は荒らげないものの、つい、向きになった小梅は小さく口先を尖らせる。

「大きな表通りでは、あんまりおおっぴらに言う人はいないようだけど、小道の奥の、昼間だって日の射さないような路地の奥では、あの火事は、老中の水野が思いついて、南町奉行になる前の鳥居耀蔵が画策したものだという声もあるんですよ」

「なんだって――!?」

　大きな声を出しかかったが、小梅は咄嗟《とっさ》に低く抑えた。

政《まつりごと》にたずさわる幕府の臣がなぜ——小梅がそう口にしかけた時、

「それも一理あるな」

ぽつりと呟いた伊十郎は、近年の大飢饉によって米の値がつり上がり、騒動や一揆も起こって幕府が財政難に喘いでいる今日、老中水野の倹約令はやむを得ないことではあると論じた末に、

「ただ、配下の鳥居耀蔵と図って、人心を潤す芝居や女浄瑠璃という娯楽まで禁じたことで、人々に反感を芽生えさせてしまったんだよ」

とも付け加えた。

伊十郎によれば、側室の子とはいえ、鳥居耀蔵は朱子学の林大学家の三男であることに間違いはないという。

二十を越す年まで林家の家風に感化されて過ごしたからには、規範や名分を重視する精神が色濃く染みついているに違いないとも述べた。

「芝居や浄瑠璃で繰り広げられる、男女の愛憎や衆道《しゆどう》の絡んだ色恋、その挙句の心中ものがもてはやされたり、主人公の大悪人が庶民の喝采を浴びたりする歌舞伎芝居など、鳥居耀蔵にすれば許し難い出来事に映るのかもしれん。ひょっとすると、

世の乱れの元とまで思い込んでいるのかもしれん。鳥居にすれば、悪の巣窟ともいえる芝居小屋などが、こともあろうに千代田のお城にほど近い日本橋にあること自体、許し難いことなんだろう」

「そうなんですよ。だからね、中村座から火が出て大火事になったのは、歌舞伎芝居を根絶やしにしようとした老中や鳥居耀蔵たちの仕業だと言う連中がいるのも頷けるんですよ」

　お園は、伊十郎に続いて己の思いを告げると、

「小梅さんも、心のどこかで、そう思っているんじゃないんですか。火事に父親を殺され、さらにはその火事で火傷を負った恋仲の男が、事の真相を探ろうとしていた最中に死人となって汐留川に浮かんだじゃないか。あんたもきっと、その真相を探って恨みを晴らそうと思ってるはずだよ」

　挑みかかるような声を小梅にぶつけた。

「恨みを晴らすというより、わたしは、なにがあったのか、その真相を知りたいんだよ」

「知るだけでいいんですか。仇を取りたくはないんですかっ」

お園から激しくけしかけられたが、小梅は答えに迷った。

真相を知りたいとは思ったが、仇を取るということにまで考えは及んでいなかったのだ。

「お園さん、仇を取るというのは、殺すということかね」

伊十郎が、静かな声で問いかけると、

「出来ればそうしたいと思います」

お園も静かに、しかしはっきりとそう答えた。

そして、

「以前は、鳥居耀蔵に一泡吹かせてやれればいいと思っていましたが、『からす天狗』が武家の屋敷から盗み取った高価な品々を世間に晒しても、動じることもなく、手加減のない取り締まりをやめようとしない非情さは、許せませんよ。罪を着せられて苦しんだ人たちの恨みつらみを、鳥居の五体に突き刺して、死の淵に沈めてやりたいのです」

お園は静かに述べたが、その抑揚のない声に、かえって凄みが感じられた。

「その思いは分からんでもないが」

「だったら式さん、三人手を携えて老中や鳥居耀蔵に一矢報いてやりましょうよ」

お園は気負い込んで話を持ち掛けて来たが、小梅はその気迫に戸惑って、言葉に詰まった。

伊十郎は胸の前で両手を組むと、板の間を照らす八方行灯に顔を向け、小さく「ん」と唸っただけである。

お園は、小梅と伊十郎の曖昧な反応を見ると、小さくため息を洩らした。

その時、永代寺の鐘の音がし始めた。

五つ（八時頃）を知らせる時の鐘と思われた。

九

風が出てきたのか、『三春屋』の戸口の障子が、先刻から時折カタカタと鳴っている。

五つを知らせる時の鐘が鳴り始めた途端、三組ほどの客が慌てて腰を上げて帰って行った。

「空いた皿や小鉢を下げさせてもらいます」

小梅たち三人が座っているところにやってきた千賀が、

「みなさん、急にお静かになりましたねぇ」

三人を見回して笑いかけると、空いた皿や小鉢を持参の盆の上に手際よく重ね始めた。

「いやぁ、こんなふうに女人二人とあれこれ話をしたのも久しぶりで、いささか気疲れしたようで」

「わたしたちのせいですか」

小梅が、わざとらしく嫌味を言うと、

「いやいやいや」

伊十郎は慌てて片手を横に打ち振った。

「酒が少ししかありませんけど、あとはどうなさいます」

四本ほど並んでいた徳利を一本ずつ振った千賀が、酒の入っている徳利を二本残して、あとの二本を盆に載せた。

「わたしはもう、残った分で十分だけど」

小梅はそう言うと、お園と伊十郎に眼を向ける。

「某も、酒はもう」

伊十郎が千賀に頭を下げる。

「わたしは、お茶をいただきたいんですが」

お園からの返答を受けた千賀が、

「貞二郎さん、小梅さんたちにお茶を三つ」

板場に向かって声を張り上げた。

「へぇい」

貞二郎からの返事が聞こえた直後、小梅たちが座っていたすぐ近くで、丼や小鉢のぶつかる音や、徳利がころころと転がる音が立て続けに鳴り響いた。

「おい、気を付けろっ」

そんな荒らげた声を上げたのは、半纏を羽織った中間の一人だった。

飲み食いをしている三人の中間たちの座に、一人の酔った駕籠舁きが倒れ込んで器などを散らかしてしまったようだ。

「すまねぇすまねぇ」

朋輩の駕籠昇きの三人が、詫びを口にしながら倒れ込んだ髭面《ひげづら》の男を助け起こして、自分たちが飲み食いをしていた場に尻を着かせて座らせる。が、座ったのは一瞬で、すぐに板張りに倒れて横になった。

「女将さん」

板場から布巾を載せた盆、それに雑巾を手に現れた貞二郎が、入れ込みの板の間に置く。

「すみませんね」

千賀は貞二郎に礼を言うと、

「なにせ狭いもんですから、申し訳ありませんねぇ」

転がっていた徳利や器を盆に載せ、残った汁や酒に濡れた板張りを拭き始めた。

「狭いのは女将さんのせいじゃねぇよ。こっちの駕籠昇きの兄さんは、さっきからふらついてて、二度も三度もおれの背中に凭《もた》れたり倒れ掛かったりしてたんだよ」

黒々としたもみあげの中間が、駕籠昇き連中に怒りの眼を向けた。

「こっちの女将が、狭いって言ってるんだから、ここはぶつかるように出来てる飲み屋なんだよ」

髭面の男の隣りに居た頬に傷のある駕籠舁きが、薄笑いを浮かべてそう言うと、

「だからってなぁ、こっちの邪魔をするこたぁねぇじゃねぇか」

そんな啖呵を切った中間は、相撲取りのように肩や胸の肉が盛り上がっているものの、背丈は五尺（約一五〇センチ）そこそこの小男だった。

「子供が大人のやり取りに口を出すんじゃねぇ！」

赤鼻の駕籠舁きが小男に睨みを利かせると、片肌脱ぎになって背筋を伸ばした。

「子供たぁなんだ、子供たぁ」

小男はこめかみに青筋を立てて立ち上がると、片袖を捲り上げた。

「やるのかっ」

立ち上がった赤鼻は七寸（約二一センチ）ばかり背が高く、小男を挑発するように自分の掌を相手の髷《まげ》の上に置いた。

「この野郎っ」

小男の声に、あとの中間二人が喧嘩腰で立ち上がり、横になった一人を除いた頬に傷のある男と眉毛の薄い二人の駕籠舁きも立ち上がって、両者は対峙した。

「まぁまぁまぁ、お客さんがおいでですから揉め事は困ります。喧嘩ならどうか外

で」

千賀がそこまで口にした時、

「うるせぇ、どけ」

頬に傷のある駕籠舁きが片手で千賀を押しのけた。

予想だにしていなかった千賀は、板張りに片手を突くようにして倒れた。

「なにをするか」

伊十郎は憤然と立ち上がり、傷のある男の方に足を踏み出した途端、小梅の道具箱にぶつかってよろけ、遂には板張りに這いつくばった。

「ご浪人はともかく、女将のお千賀さんをよくも転がしやがって」

叫ぶと同時に立ち上がった小梅は、頬に傷のある男の片頬を思い切り平手でひっ叩いた。

バチッ――大きな音がした途端、

「ホノアマ」

叩かれた痛みで満足に声も出ない傷のある男は、頬を手で押さえて板の間に蹲《うずくま》った。勢いの止まらない小梅は、蹲った傷持ちの駕籠舁きを押し倒して腹這いにさせ、

「お千賀さん、こいつの背中を押さえてください」

「分かった」

千賀は心得たように、腹這いにした男の背中を膝で押さえ、右腕を自分の手で軽く捻った。

小梅は道具箱から急ぎ艾を摘まんで丸めると、板張りに押さえつけられた男の左手の甲に置く。すぐ取り出した線香に、近くに置いてあった火鉢の火を点け、そら豆ほどの大きさの艾に線香の火を移す。

「おい、なにをしやがる」

赤鼻の駕籠舁きが、掠《かす》れたような声を出した。

「わたしゃ、わるいことをした奴には灸を据えることにしてるんだ。ちいさい時分、悪さをするとおっ母さんに灸を据えられたもんだよ」

「この灸師さんのとっちめ灸は、よく効くと評判でね」

千賀も、小梅の口上に言葉を添える。

「イタタタ、手が手が」

押さえつけられた駕籠舁きが、苦しげな声を洩らす。

「手の甲には、立ち眩《くら》みに効く『中渚《ちゅうしょ》』と、風邪に効く『合谷《ごうこく》』のツボがあるから、丁度よかったじゃないか」

そんな効能を話しているうちに、男の手の甲の艾が盛大な煙を立ち昇らせ始めた。

「どうだい」

小梅が腹這いの男に問いかけると、

「熱かぁねぇが、膝が痛ぇから、どけてくれぇ」

と喉から声を発する。

「痛いほど、よく効くのかもしれないねぇ」

男の耳元で小梅が囁くと、

「イタタア、ア、アツツ、アツアツ――!」

痛みと熱を被った男の声は、悲鳴に近くなった。

「お前さんがた、今後うちで飲むなら、楽しい酒にしてもらいますよ」

顔を上げた千賀が、突っ立っている中間と駕籠舁きに向けて静かに声を掛けると、艾の煙にまとわりつかれた男どもは、まるで魔法にでもかかったかのように、ゆっくりと首を縦に動かした。

『三春屋』の中に立ち込めていた煮焚きの煙も艾の煙も、先刻より大分薄まっている。

　駕籠舁きと中間の諍いが収まるとすぐ、両者とも腰を上げ、平身低頭しながら店を出て行った。

　すると、

「いやぁ、面白い立ち廻りをみせてもらったよ」

　残っていた二、三組の客たちは、小梅や千賀にそんな声を掛けて、次々と帰って行った。

　表の暖簾《のれん》が店の中に仕舞われてから、線香が一本燃え尽きるくらいの時が経っている。

　板の間に残った小梅、お園、伊十郎に茶を運んで来た貞二郎が板場に引っ込むと、

「あたしも片付けを手伝いますよ」

　千賀も板場へと入って行った。

「さっきの話の続きだけどね」

一口茶を啜った小梅が、静かに口を開く。

お園も伊十郎も、湯呑を手にしたまま顔を向けた。

「わたしが事の真相を知る先には、鳥居耀蔵がいるのかもしれないけど、なにも、殺したいわけじゃないんだ」

その声に、二人からはなんの返答もない。

ただ、お園の顔が心なし強張ったようだ。

「式さんにしても、仕えていた殿様の仇討ちをしたいわけじゃないということだったよね」

「あぁ」

伊十郎は、小梅の問いかけに頷くと、

「鳥居耀蔵に意趣返しをしたい気持ちはあるが、殺したところでどうなるか——ただ、この先も非情な仕打ちを繰り返すならば、その時はなんとしても理非を糺《ただ》そうという覚悟はあるのだ」

ゆっくりと湯呑を口に運んだ。

小梅は、その話を受けるように、

「わたしにしたって、お父っつぁんが死んだ芝居町の火事はどうして起きたのか、本当のことを知りたいんだ。その火事で火傷を負い、役者に見切りをつけた坂東吉太郎と名乗っていた清七さんが、火事の真相を探ろうとした矢先に、どうして死んだのか。その死体がどうして汐留川に浮かんでいたのか。それを知りたいんだよ」

声を張り上げることなく静かに思いを吐き、

「このところ、その真相に少し近づいてる気がしてるんだ」

小梅は少し、声を低めた。

「ここに来る前、何か拾い物があったと言ってましたけど、そのことですか」

お園は、湯呑を置いて小梅に体を向けた。

「京扇子屋『修扇堂』の手代という触れ込みで清七さんに近づいた男は、深川の材木問屋『木島屋』の手代、小三郎に間違いないんだよ。だけど、その男は、清七さんが死んだあと、『木島屋』から消え、行方も知れなかったけど、つい最近、江戸にいるってことが分かったんだ。見かけたある人が『小三郎さん』と声を掛けたら、ふっと足を止めたものの、立ち去って行ったそうだ。江戸にいると分かったら、そのうち見つけて問い詰めれば、なにかが浮かび上がって来そうな気がしてるんだよ」

言い終えた小梅が二人に眼を向けると、お園も伊十郎も、思案するように虚空を見つめた。

「やっぱり、この三人で纏《まと》まろうじゃありませんか。そしたら、もっと、真相に近づけると思いますよ。わたし、『木島屋』に居た時分の小三郎の顔を見たことがありますから」

お園は、決意を促しでもするように二人を見る。

「小三郎の顔は、一度だけだけど、わたしも見てるよ」

「纏まるのはいやだということですね」

お園が木で鼻を括ったような物言いをすると、

「教え合っていいことがあれば教えもするけど、手を結ぶつもりはないね。自分の住処《すみか》も教えようとしない人とは組めませんよ。気を許していないということだからね」

小梅は伝法な物言いで応えた。

すると、険しい顔をしたお園は黙って針売りの道具をまとめ始め、帰りの支度に取り掛かった。

「女将さん、わたしらの勘定を」

伊十郎が声を張り上げて、腰を上げる。

三人が板張りの框に腰かけて履物に足を載せた時、板場から現れた千賀が、

「三人で二百四十文（約六〇〇〇円）だったんだけどね、騒いだ詫びだからと言って、中間と駕籠舁きが、百文（約二五〇〇円）余計に置いて行ったから、百四十文（約三五〇〇円）。でも、割り切れないから、一人四十六文（約一一五〇円）でいいよ」

太っ腹なところを見せた。

「それはありがたい」

取り出した巾着から一文銭と四文銭を取り混ぜて数えると、伊十郎は空の湯呑の重ねられた盆にジャラリと置いて、土間の草履を履いた。

「わたしはお先に」

酒代を置いたお園は一声かけただけで、木箱と幟を手に持って、出て行った。

腰高障子が開け閉めされたほんのわずかな間に、冷たい風がビュッと店の中に吹き込む。

「わたしも四十六文」

小梅が盆に酒代を置くと、

「蓬萊橋を渡った辺りまでお供をしよう」

土間に立っていた伊十郎は声を掛けて、刀を腰に差した。

「そりゃ、申し訳ありませんねぇ」

少しおどけた物言いをした小梅は、土間の下駄に指を通した。

「姐さん、一人ならその辺で酒の相手をしてくんねぇ」

表の方から、呂律《ろれつ》の怪しい男のだみ声がした。

酔っ払いに「酒の相手を」と声を掛けられたのは、おそらくお園だろう。

「なんだよ、返事ぐらいしやがれ」

別の男の声もした。

お園はどうやら、男の酔っ払いをすり抜けたようだ。

「お千賀さん、遅くまですみませんでした」

千賀に声を掛けた小梅が、伊十郎の先に立って表に出た。

常夜灯の薄明かりの先に、大島川に架かる蓬萊橋が見える。

その橋を、肩をすぼめて渡っていく二人の男の影があった。

「冷てぇ風だぜ」

男の一人が震えるような声を発したのが、小梅の耳に微かに届いた。

第三話　闇夜の顔

一

月が替わってから日を重ねた江戸は、二月八日の昼下がりである。

日毎にうららかさが続いた町は、細かな粉でも撒《ま》いたように霞《かす》んでいる。

灸の道具箱を片手に提げた裁着袴の小梅が、神田川の南岸、柳原土手を和泉《いずみ》橋の方へと向かっていた。

春めいた二月は、時節の行事がいくつも控えている。

この日は淡島神社の針供養で、浅草寺の淡島堂には多くの婦女子が針を納めに訪れているはずだった。

明日の九日は二月に入って最初の午《うま》の日であり、市中の稲荷社には赤や白の幟が立ち、行灯が吊るされて太鼓が打ち鳴らされる初午の祭事が行われる。

訪れた人々は赤飯や酒とともに、油揚げも供える。

子供の時分、小梅をはじめ近所の子供たちはこの日を楽しみにしていたものだ。何人かで固まって、太鼓を打ち鳴らして近隣の家々を回ると、勧化《かんげ》と言われる金品がもらえた。

王子稲荷では、例年、初午の日には凧市が立っている。凧は〈風を切って泳ぐ〉ことから、火伏《ひぶせ》の縁起物として人々に買われている。明日も間違いなく凧市には人が押しかけるに違いない。

十五日は釈迦《しゃか》が入滅した日であり、各寺で涅槃会《ねはんえ》が執り行われる。

さらに春が進んだ二十五日には、処々で雛市が立ち、三月の雛祭りに備えるのである。

『灸据所　薬師庵』のある日本橋高砂町界隈は、すっかり西に傾いた日の光を受けていた。

日中のような強い光は影をひそめ、赤みが増している。

初午から二日が過ぎた十一日の夕刻である。

『薬師庵』の台所の二つの竈《かまど》は、両方とも薪が燃え盛っていた。

ひとつには飯の釜が載っており、もう一つは湯釜である。

土間に立った小梅は、流しに置いた俎板《まないた》で、大根を銀杏《いちょう》切りにしている。

午後からの出療治の帰りに買った鰈《かれい》を煮つけにし、大根とこんにゃくの煮つけを付け合わせにする算段だった。

『薬師庵』の午後は、出療治の依頼があれば小梅が出向くことになっていて、出不精のお寅は家に残って、やって来る療治客を相手にするのが、常日頃の『灸据所薬師庵』の有り様である。

お寅は一人家に残っていても、自ら夕餉の支度などしようとはせず小梅の帰りを待つ。小梅が食事の支度が出来ない時は、近くの食べ物屋から丼物を運ばせたり、食べに行ったりする。

「あたしゃ不器用で、包丁使いも味にも自信が持てないんだよ」

お寅は、そんな言い訳をするのだが、要するに、飯の支度をするのが面倒臭いだけなのだと、小梅はとっくにそう確信していた。

千切ったこんにゃくと銀杏切りの大根を笊《ざる》に載せ、一枚の鰈を二つに切っていた時、

「時々は灸を据えにおいでなさいよ」

表の出入り口の方からお寅の声がした。

療治の終わった客を送り出したようだが、その後、ぼそぼそと何ごとかやり取りをするお寅と男の声も続いて聞こえた。

帰って行ったのは、小舟《こぶな》河岸の桶屋のご隠居である。

このところめっきり足を弱らせておいでだからなぁ――小梅は、胸の内でそんなことを呟きながら、醤油や味醂《みりん》の入った鍋を、湯釜を下ろしていた竈に載せた。

その時、

「仕事帰りの佐次さんがお前に聞きたいことがあるっていうから、こっちに回ってもらったよ」

台所の板の間にいきなり現れたお寅がそう告げた。

仕事帰りというが、佐次の仕事先は浅草下平右衛門《しもへいえもん》町の船宿『玉井屋』で、佐次

はそこの船頭である。しかも、住まいは両国橋に近い薬研堀《やげんぼり》不動のあるあたりだった。

仕事帰りにしては、『薬師庵』に寄るのはかなりの回り道である。

「ごめんよ」

台所の腰高障子が開いて、佐次が片手を上げつつ、土間へ足を踏み入れた。

「まぁ、お掛けよ」

お寅は、板の間の框を佐次に指し示すと、自らも土間近くに膝を揃えた。

「湯が沸いてたら、茶でも欲しいところだね」

「湯は沸いたばかりだよ」

小梅は、お寅に返答すると、板の間に置いてあった土瓶に茶の葉を入れ、竈から下ろしたばかりの釜の湯を柄杓で掬《すく》って注ぎ入れた。

「仕事帰りにしては、今日は早いんだね」

水屋から湯呑を出しつつ小梅が尋ねると、

「この時季、夜になるとまだまだ風が冷たいから、大川に船を出すお客は滅多にないんだよ」

框に腰掛けてそう言うと、佐次は片足をもう一方の膝の上に乗せた。

土瓶の茶を湯呑三つに注いでお寅と佐次の前に置き、小梅も框に腰を掛けた。

「なにか、わたしに聞きたいことがあるっていうことだけど」

「うん」

小さく声を出した佐次は、

「小梅さんに、日本橋の『加賀屋』さんから梅見の声が掛かっているかどうか、確かめようと思って」

恐る恐る、小梅の様子を窺った。

「あぁ。それなら、四日前にお美乃《みの》様からの使いが来たから、行くと返事をしておいたけど」

小梅は、『加賀屋』の内儀である美乃の名を口にして、訝るように佐次を見る。

「へぇ、お前が梅見に行くとは初耳だねぇ」

お寅は笑顔でそう口にしたが、その声には不満げな響きがあった。

「『加賀屋』のお内儀が、小梅さんに声を掛けて、娘のおようさんともども亀戸《かめいど》天神の梅を見に行くとお言いでして、その時はおれが『玉井屋』の屋根船を操ることになってるんですよ」

「それで佐次さん、どうしてわたしが行くのかどうか確かめに来たんです？」

小梅が何気なく尋ねると、小さく「うん」と唸った佐次は、湯呑の茶を少し口に含むと、

「いえね、おれの屋根船には、『加賀屋』のお内儀とおようさんだけが乗り込むんじゃないかと、それがちと気懸りだったもんだから」

ほっとしたような苦笑いを浮かべて、頭に片手を乗せた。

「だけど佐次さん、なにが気懸りだっていうんだい」

「へぇ」

佐次は、お寅の問いかけに曖昧な声で応えた。

小梅は、佐次の気懸りには思い当たることがあった。

『加賀屋』というのは、日本橋箔屋《はくや》町にある箔屋の屋号である。

そこの一人娘のおようには、所かまわず頻繁に屁を催すという症状が続いていた。

昨年、その療治を頼まれた小梅は、おようから、放屁を気に病むあまり、外出は無論のこと、踊りなどの稽古事にも好きな芝居見物にも二の足を踏んで、家に閉じこ

もり勝ちになっているという事情を打ち明けられた。

似たような症状を訴える婦女子に療治をしたことのある小梅は、おようの放屁も、臓腑の働きに難があると診立てて、灸を据えたのだ。

だが、灸の療治がすぐに効くということはない。

むしろ、気長に続けるものである。

ところが、昨年の師走、小梅はお美乃から思いもよらない相談を持ち掛けられた。

それは、娘のおようを外に連れ出す荒療治に出たいというものだった。

外出の付添いは、おようの病状について寛容な心を備えた人物に頼みたいとの要望に応え、小梅は『薬師庵』の常連である人形屋の隠居と、船頭の佐次を推したのだった。

すると、外に出て動き回った荒療治が功を奏したものか、おようの顔付が俄《にわか》に明るくなったと、母親のお美乃は感涙にむせびそうな気配を見せた。

その上、世間の狭かったおようには、佐次が聞かせた下世話な浮世の面白おかしい話の数々は新鮮だったようで、すっかり佐次を気に入ったのだと耳にした。

母親のお美乃に至っては、佐次を『加賀屋』に招いて料理でもてなした末、船宿の船頭をやめて、おようの世話役として『加賀屋』に奉公してほしいとまで持ち掛けてきたと、小梅は、苦しげな顔をした佐次から相談されたことがあったのだ。

しかし、恩義に篤《あつ》い佐次はむげに断るのを躊躇《ためら》い、昨年から今日までずるずると返事を引き延ばしていたのである。

「『加賀屋』さんから『玉井屋』に、梅見の船をと注文が来たと聞いて、おれはてっきり、おようさんの世話役の話を持ち出されるんじゃねぇかと、気が気じゃなかったんだよ」

台所の框に腰掛けていた佐次は、そんな心中を吐露すると、

「けどまぁ、その梅見に小梅さんも来るとなりゃ、おれの気も軽くなりましたよ」

安堵の笑みを浮かべて湯呑を置き、「それじゃおれは」と手を上げて、土間から表へと出て行った。

二

暮六つ（六時頃）まであと寸刻という頃おいである。

日は沈んだものの、『薬師庵』の居間の障子には、夕刻の明るみがわずかに残っていた。

そんな薄明かりの中、向かい合わせに座った小梅とお寅が、箱膳に並んだ鰈、大根とこんにゃくの煮つけなどの夕餉を、大方食べ終えようとしている。

「その、佐次さんの船で行くっていう梅見は、いつなんだい」

汁椀を口にしたお寅が、さりげない口ぶりで問いかけた。

「十五日っていうことだから、四日のちだね」

そう言うと、小梅は箸で摘まんだ鰈の身を口に入れる。

「浅草の船宿を出て、どこをどう回るんだろうね」

お寅は湯呑の茶を茶碗に注ぎ、へばりついた飯粒を箸でこそぎ落とし始めた。

「わたしが聞いた時には、船宿の『玉井屋』の船着き場から屋根船に乗り込んだら、大川に出て」

「両国橋を少し下ったら、本所一ツ目之橋から竪川《たてかわ》に行こうって腹だ」

お寅が口を挟むと、

「そそそ」

小梅は口を動かしつつ、応えた。

竪川に入った屋根船はそのまま東へと進み、四ツ目之橋の先で横十間川《よこじっけん》を左へと曲がって天神橋を潜り、亀戸天神裏にある船着き場で船を下りるのだと、小梅は聞いていた。

その後、天神からほど近いところにある梅屋敷の臥竜梅《がりゅうばい》を見物し、昼食のあとに天神様の境内の梅を愛《め》でるという段取りになっていた。

「帰りは浅草下平右衛門町に戻って、『玉井屋』さんのお座敷で夕餉の膳をいただくっていうのが、おおまかな流れだね」

一気に話し終えた小梅は、箸を置くと、

「ごちそうさん」

と手を合わせた。

その直後、

「はぁあ」

お寅の口から、自棄《やけ》を起こしたようなため息が発せられた。

「なんだい」

「なんだいじゃないよ。年の行った母親を家に残して働かせて、お前はのんびりと梅見と来た。挙句には船宿での美味い料理を頂けるなんて、幸せ者だねぇ」

お寅の物言いは静かだが、そこここに嫌味の棘がまぶされていた。

「あぁ。おっ母さんも一緒に行きたいんだね」

「そうじゃないよ。向こう様のお招きだから、あたしがどうこう言える筋合いじゃないことは、そりゃ承知してますよ。ただね。誘いの声が掛かった時、お前が一言、母親も一緒でも構わないかと口添えしてくれていたらなんて、ふと思っただけのことだよ」

薄笑いを浮かべたお寅は、あらぬ方を向いて湯呑の茶を飲み干した。

「おっ母さん、亀戸に着いたら、皆さんと一緒に歩き回ることになるんだけど、それでもよかったのかい。足腰が弱くなって、出療治に行きたくても、あたしゃ、行けないと言ってるのはいったい誰だい」

「あたしが行くかどうかはともかくとして。老いた母親に季節の花を見せ、船宿の料理を味わわせてやろうという気配りが起きなかったのかと聞いてるんだよぉ」

いつもなら目を吊り上げて癇癪《かんしゃく》を起こすお寅が、今日はやけにねちねちとした物言いをしている。

「申し訳ないが、そんな気は起きなかったね」

小梅が穏やかな声で返答すると、

「なにっ」

初めて、お寅が眼を見開いた。

「日本橋界隈の、この近辺から声が掛かっても出療治を渋るじゃないか。それが、梅見とは言ったたって、行先は亀戸村だよ。船を下りたら人混みの中を歩かなくちゃならないんだ。帰ったら帰ったで、船での行き来は波に揺られて酔うからいやだなんて言った挙句に、梅を見るなら近場の湯島天神にすればよかったなんて言い出すに決まってるんだ」

小梅が一気にまくし立てると、

「お前よくも――！」

お寅は、能面の夜叉のように眼を剝いた。

「そんなにお招きに与《あずか》りたいなら、『加賀屋』さんにでも人形屋の『白虎堂《びゃっこ》』さんにでも、せっせと出療治に行けばいいんだ。そしたら、向こうさんだって納涼船やら月見やらと声を掛けて下さるよ。皆さんが誘いの声を掛けて下さるのは、わたしが道具箱提げて足を運んでるからなんだ。お誘いの声が欲しかったら、面倒臭がらずに出療治に行くに限るんだよ」

常日頃は冗談めかして口にしていることを、この日の小梅は事を分けて意見してしまった。

唇を噛んで小梅を睨みつけたお寅は、

「こんな家なんか、出て行ってやるっ」

憤然と立ち上がると、箱膳に足をぶつけながら、出入り口の方へと飛び出して行った。

その直後、

「アギャァ！」

喉を締め付けられたような凄まじいお寅の悲鳴が響き渡った。

小梅がすぐに追って出ると、出入り口の三和土には〈雷避けの札売り〉の衣装を纏《まと》った金助と弥助が突っ立っており、框には無様に尻を付けたお寅の背中があった。

「なにごとだよ」

小梅が口を開くと、

「おれらが入り込んだ途端、お寅さんが腰を抜かしちまって」

金助は困惑した面持ちで、首を傾げた。

「な、な、何でそんな装《な》りのまま入って来るんだよ」

お寅は、やっとのことで声を絞り出した。

頭に巻いた鉢巻きには作り物の角をつけ、虎柄の褌《ふんどし》を穿いた二人は、小さな太鼓を幾つか付けた竹の輪を背負っていた。

「申し訳ありません」

弥助が深々と腰を折ると、金助が急ぎ、

「実は、弥助さんがさっき、思い出したことがあるから、今日の内に小梅さんに話しておきたいと言うもんだから」

訪ねたわけを告げた。

小梅が、

「それはなにさ」

笑みを浮かべて弥助を見た。

「おれ、例の小三郎の行先に心当たりがあるんです」

思案げな面持ちの弥助が低い声を出すと、小梅の顔からすっと笑みが消えた。

三

『鬼切屋』の治郎兵衛の住む長屋は、銀座の北側の元大坂町にあった。

日の入りから半刻以上も経った界隈は夜の帳に包まれている。

小梅は、小三郎の行先に心当たりがあると言った弥助から詳しい話を聞こうと『薬師庵』を出ていた。

弥助を伴った小梅が長屋を訪ねた時、治郎兵衛は湯屋の帰りに飯屋で夕餉を摂ってから戻ったばかりだと言い、二人を火鉢の傍に上げてくれた。

小三郎の行方捜しについては治郎兵衛の知人の力を借りていることもあったので、治郎兵衛の住まいで弥助の話を聞くことに決めた。

そしてもう一つ、半月ほど前に起きたお寅と弥助の初対面の時の騒動を、小梅はいささか気にしていた。

若い男を家に上げているという話を魚売りの常三から聞いて帰ってきたお寅が、あまりにもみすぼらしい弥助の姿に仰天して、その場に座り込んでしまったことがあったのだ。

そんなお寅の前では、弥助としては気安く話をしづらいだろうと斟酌《しんしゃく》して、場所を変えることにしたのだった。

『薬師庵』を出たあと、弥助が金助とともに住んでいる難波町裏河岸の長屋に寄ると、弥助は〈雷避けの札売り〉の衣装を着流しに替え、小梅と二人して、そこからほど近い元大坂町に足を向けたのである。

「弥助さんが、『木島屋』の手代だった小三郎の行先に心当たりがあると言うので、治郎兵衛さんと一緒に話を聞こうと思いまして」

訪ねたわけを小梅が打ち明けると、煙草を吹かしていた治郎兵衛が煙管《キセル》を叩いて吸殻を火鉢に落とし、

「ほう。その心当たりというと」

静かに問いかけた。

「へい」

ひとつ小さく頷いた弥助は、

「話をする前に、材木問屋『木島屋』と『油堀の猫助』との関わりを話しておいた方が分かりやすいと思いますが」

そんな申し出をして、治郎兵衛の了解を得た。

江戸には、材木問屋『日向屋』の息の掛かった大小の材木屋が何軒もあって、いわば〈講〉にも似た助け合いが行われており、深川の『木島屋』もそのひとつだったと、弥助は話の口火を切った。

しかも、『日向屋』の傘の下には材木屋だけではなく、〈講〉の中で厄介ごとが起こった時は、それを力ずくで治める役目を負う連中もいるという。

そのひとつが、先日、主が殺された『木島屋』と近しかった、博徒の『油堀の猫助』のような日陰の連中だった。

「ならず者の集まりだね」

小梅が口を挟むと、

「いや、『日向屋』の下には、そこら辺のならず者なんかよりも凄みのある、上野山下の『山徳《やまとく》』って香具師の元締がついてます」

弥助は声をひそめた。

小梅はその時、煙管に葉を詰めようとした治郎兵衛の手が、ほんの少し止まったような動きを目の端で見ていた。

だが、弥助は治郎兵衛の様子に気を留めることなく、

「おれが『油堀の猫助』の身内だった時分、小三郎は『日向屋』の口利きで『木島屋』の手代に収まっていると聞いた覚えがあります」

と、話を続け、

「小三郎が『日向屋』と近しいのなら、『山徳』のところに転がり込んだとも考えられるんじゃねぇかと思いまして」

抱えていた心当たりを、小梅と治郎兵衛の前で打ち明けたのだった。

「弥助さんはこの前、上野広小路の三橋の辺りで小三郎を見かけたと言ったね」

「へぇ」

弥助は、小梅の問いかけに迷うことなく頷いた。

「小三郎が、上野山下の『山徳』に居るとしたら、そこから目と鼻の先にある三橋で見かけても、不思議なことじゃないよ」

小梅が自分の推量を口にすると、

「あぁ。なぁるほど」

弥助は大きく上体を動かして賛同の意を表した。

「治郎兵衛さんはこの話、どう思います」

小梅が声を掛けると、

「ん」

心なし悩ましげな声を出した治郎兵衛は、吸った煙草の煙を大きく吐き出すと、火鉢の上で煙管を叩いて吸殻を落とした。

小梅は、弥助が見かけたという小三郎に関して、治郎兵衛がどんな反応をするかと待った。

だが、何か言おうとしてはやめ、手にした火箸で火鉢の灰をいじったかと思うと、火箸を灰に突き刺し、胸の前で腕を組むと、微かに唸って小首を捻るばかりである。

「あのぉ、おれはこのあたりで」

弥助が遠慮気味に頭を下げると、

「だったらわたしも」

小梅も腰を上げかけた。

「小梅さんには話があるから、弥助は先に行ってくれないかい」

治郎兵衛から声が掛かった。

「へい。承知しました」

土間に下りた弥助は、二人に向かって軽く頭を下げると、路地へと出て行く。

「わたしに話というと」

小梅は少し改まって治郎兵衛を向いた。

「小三郎という男が、その『山徳』に居たとして、小梅さんはどうするつもりだね」

「どうしたらいいものか、そのことも治郎兵衛さんに聞いておこうと思ってこうして――」

小梅は思わず、治郎兵衛の方に身を乗り出した。

しかし、治郎兵衛は、

「ん」

またしても悩ましげな声を洩らす。

うかと」
「なんなら、弥助さんから場所を聞いて、それとなく『山徳』の様子を探ってみよ
「小梅さん、そりゃいけねぇ」
間髪《かんはつ》を容《い》れず、治郎兵衛が、思いのほか鋭い声を発した。
「両国で羽振りを利かせていた香具師の元締の『鬼切屋』が、二代目になった途端
一気に衰えて、遂には、掲げていた看板を下ろす羽目になって、子分たちが散り散
りになったことは知っていなさるだろう」
「ええ」
小梅は小声で返事をした。
両国で『鬼切屋』が隆盛を誇っていた頃のことは、生まれてもいなかった小梅は
もちろん知らない。
二代目というのは、三代目の正之助の父親、伊太郎《いたろう》のことである。
小梅の死んだ父親の藤吉は、伊太郎が二代目を継ぐ以前から顔馴染みだったと聞
いている。家業である香具師の元締よりも、歌舞伎芝居など歌舞音曲《おんぎょく》に入れ込んで
いた伊太郎が、市村座の床山だった藤吉と親しかったということも、母親のお寅か

ら聞かされていた。

その伊太郎が早世すると、正之助はまず、香具師とはほど遠い料理屋の帳場勤めに就き、今は口入れ屋に鞍替えしたが、得意の読み書き算盤を生かした帳場仕事を続けているのだ。

「弥助が口に出した『山徳』ってぇ香具師の元締は、二代目がお継ぎになったあとの『鬼切屋』を、潰しに掛かった香具師の元締のうちのひとりなんだよ」

治郎兵衛の告白に、小梅は「えっ」と低い声を洩らした。

「そんな『山徳』に近づいて妙な探りを入れるのは、剣呑《けんのん》だよ。金ずくで無法なことにも手を出す連中も居ると耳にするし、闇夜でも眼の利く恐ろしい奴もいると聞くから、近づくのはよすことだ」

いつになく険しい物言いと顔付をした治郎兵衛の凄みに、小梅は言葉もなく、ただ黙って頷いた。

四

料理屋や商家の塀の中から、午後の日を浴びている白や赤の花びらを付けた梅の枝が青空に延びている。

そんな光景に眼を遣りながら、灸の道具箱を提げた小梅は大門通を『薬師庵』の方へ向かっていた。日本橋馬喰《ばくろ》町の旅人宿から、逗留している客が腰を痛めたので灸を据えてもらいたいとの要請を受けて、出療治に行った帰りである。

富沢町の辻に差し掛かったところで、小梅は行く手からやって来る老爺に眼を留めた。

萌黄《もえぎ》色の着物に瑠璃《るり》紺《こん》の羽織を着た姿が近づくと、

「やっぱり小梅さんだったね」

そう口にしたのは、日本橋　通油《とおりあぶら》　町の菓子屋『春月』の隠居、作兵衛《さくべえ》だった。

「どこかからお帰りですか」

足を止めて小梅が尋ねると、

「なにを言ってるんだい。『薬師庵』で灸を据えてもらった帰りだよ」

「そりゃどうも」

笑みを浮かべて、小梅は軽く会釈をした。

「だけど小梅ちゃん、お寅さんと何があったんだい」

「なにといいますと」

小梅は小さく首を傾げた。

「わたしの背中に灸を据えてる間じゅう、ずっと小梅ちゃんの悪口を言い続けるもんだから、いつ手元を狂わせて線香の火を背中につけられるかって、ひやひやし通しだったんだ」

「そりゃ申し訳ありませんでした。それで、おっ母さんはご隠居になんて言っていたんです？」

「体の弱い母親に仕事を押し付けて、うちの娘は花見や船遊びにうつつを抜かしてばっかりだとかなんとか——今日にしても、口では出療治と言って出掛けたが、おそらくは、両国辺りの料理屋に上がって昼の弁当を食べようという腹に違いないとかなんとか言った挙句に、あたしは艾の煙にいぶされて息苦しいというのにと、お寅さんは自分の胸を手で押さえて、こほこほと咳き込んでたがね」

作兵衛はそう言うと、小さな笑みを浮かべた。

手の込んだ芝居までして——小梅は胸の内でお寅に罵声を浴びせた。

「ご隠居は、おっ母さんの言ってることを真に受けておいでですか」

探るように尋ねると、作兵衛は、ゆっくりと大きく首を横に振る。

「でしょうね」

小梅は、安堵の声を低く洩らした。

「だってね。療治の途中、葺屋町の鰻屋が来てね」

「橘屋」

小梅がすかさず口を挟むと、

「そうそうそう。お寅さんに頼まれてたって、出前のうな重を置いて行ったんだから、大した役者ぶりだよ」

ハハハと、作兵衛は口を開けて笑った。

「そういう親ですが、今後ともひとつよろしくお願い申し上げます」

小梅は芝居じみた台詞と所作で、作兵衛に頭を下げる。

「でも小梅ちゃん、お寅さんはあれでいいんだよ。妙に収まられたら、こっちはかえってつまらないからさぁ」

明るい声でそう言うと、「じゃ」と片手を上げた作兵衛は、通の北へと足を向けた。

収まったらかえってつまらないなどと他人は言うが、そんな親を持った娘の身にもなってもらいたいもんだ――小梅は、腹の中で愚痴を零しながら、歩を進めていた。

高砂町の『薬師庵』まであとわずかという、三光新道の辻に差し掛かった時、前方に眼を向けた途端、小梅は天水桶の陰に身を潜めた。

角地にある櫛《くし》屋の板壁の前に立った襷《たすき》がけの女が、左腕に抱えた小さな木桶に右手に持った刷毛《はけ》を突っ込むと、板壁に何かを塗り付け始めた。

塗り終えると桶を足元に置き、懐に差し込んでいた紙を取り出して、何かを塗り付けた板壁に貼り付けた。

貼った紙が剝がれないように、掌で何度も紙を押さえつけている女の横顔に見覚えがあった。

神田鍋町の瀬戸物屋の女房、お紺に間違いなかった。

紙を貼り終えたお紺は、刷毛を突っ込んだ桶を小脇に抱えると、足早に小梅のいる方へ向かってきた。

幾分か髪を乱し、前方を睨みつけるように近づいて来たお紺は、小梅の横を足早に通り過ぎた。

興味を抱いた小梅は、お紺が何かを貼り付けた櫛屋の板壁の前に歩を進める。

貼られた紙の最初には、〈尋ね人〉という表題があった。

それに続いて、〈名　卯之吉〉とあり、〈神田鍋町　瀬戸物『笠間屋』の倅〉と書かれている。

さらに〈背丈五尺五寸　細身　一重瞼《まぶた》〉と記されたあとに〈齢二十五　見目麗しき者〉とも書き並べられ、見目麗しい卯之吉の傍には性悪女が付きまとっている恐れもあるとまで、墨痕《ぼっこん》鮮やかに認《したた》められていた。

性悪女とは、卯之吉の父親に囲われていた元は芸者のお玉のことに違いなかった。

三光新道に近い『玄冶店』に囲われていたお玉は、すでにそこは引き払っていたのだが、行先は不明であった。

そんなお玉の動きに呼応したかのように、倅卯之吉の消息まで絶えたことに、お紺の妄執は燃え盛っているのかもしれない。

日の出から一刻半（約三時間）ばかりが経った浅草下平右衛門町一帯は、高みからの日射しを浴びていた。

五

日本橋本石町の時の鐘が五つ（七時半頃）を打った時分に高砂町の『薬師庵』を出た小梅は、半刻足らずで両国西広小路に至り、神田川に架かる柳橋を南から北へと渡った。

二月十五日のこの日、日本橋の箔屋『加賀屋』のお内儀であるお美乃とその娘のおようから誘われた梅見に、亀戸天神へ行くのである。

集まる場所は、浅草下平右衛門町の船宿『玉井屋』の船着き場ということは以前から取り決められていたことだった。

船宿『玉井屋』の船頭を務める佐次の船に乗せられて、何度か下りたことのある小梅は、船着き場の場所がどこかは、とうの昔に知っていた。

神田川が大川に注ぎ込むあたりに架かっている柳橋を渡った周辺が浅草下平右衛

門町である。道の突き当たりを右に折れた先が、大川の西岸の代地河岸で、川端に沿って北へ進むと、大川からの入り堀が浅草茅町二丁目で行き止まりになっていた。その入り堀の南側に三つの船着き場が設えられており、そこからは三軒の船宿の裏口へと通じている。

入り堀の、大川に近い方から船宿の『鶴清楼《かくせいろう》』、同じく『田丸屋』と続き、一番奥が『玉井屋』の船着き場となっていて、立てられた竹竿にはそれぞれの屋号の幟が下げられていた。

山吹色と紺の小格子柄の着物に藍色の裁着袴姿の小梅が、『玉井屋』の船着き場に近づく。すると、舫《もや》ってある屋根船の艫《とも》に立った佐次が、床板を箒で掃いている姿があった。

「おはよう」

小梅が声を掛けた。

「おぉ。おはよう。なんだか出療治に行くみてぇな裁着袴だね」

顔を上げた佐次からそんな言葉が返ってきた。

「船の乗り下りもあるし、亀戸じゃ歩いたり、なんだかんだするだろうから、この方が動きやすいと思ってさ」

そう返事をした小梅は、小舟が一艘、入り堀から大川へと漕ぎ出す様子を眼で追った。

「今日の『薬師庵』はお寅さん一人で療治だが、大丈夫だったのかい」

「子供じゃあるまいし」

そう口にした小梅は、そのあとに「大丈夫だ」と言うつもりだったが、自信はない。

今朝はいつもより早く起き出して火を熾し、療治場の二つの火鉢に炭を入れると水を満たした鉄瓶を載せた。その上、お寅の道具箱の艾や線香など、療治に入用な品々の不足分を確かめてもやった。

いつも通り小梅が作った朝餉を、お寅と向かい合わせになって摂ったが、これというやり取りはなかった。

「療治に疲れたら、『やすみます』の札を戸口に掛けて昼寝をするなり、猿若町に芝居を見に行ったりすればいいじゃないか」

出がけにそんな言葉をお寅にかけたが、やはり返答はなかった。

やることはやって家を出てきたから、あとはお寅次第と思うしかない。

「おはようございます」

少し離れたところから、女の声が掛かった。

声の方に顔を向けると、『玉井屋』の裏口の辺りに、『加賀屋』のお美乃と娘のおようが手代と女中を伴って姿を現した。

「おはようございます」

佐次が声を上げると、小梅もすぐに、お美乃とおようと朝の挨拶を交わした。

「もう支度は出来てますんで、よろしければ船に乗ってくださいまし」

艫から下りた佐次は、屋根船が動かないよう船縁《ふなべり》を摑んで船着き場に引き寄せた。

「見送りはもういいから、二人ともお店にお戻り」

お美乃が二人の供に声を掛けると、

「それでは、夕刻にまたお迎えに参りますので」

岸辺に立った女中からそんな返事が来た。

「お気をつけて」

女中と手代は揃って腰を折ると、岸辺を去って行く。

「お内儀からどうぞ」

片足で船を押さえた佐次が、お美乃に手を差し伸べた。

すると、お美乃は佐次の手に捕まるようにして屋根船に乗り移る。

「およう さんもどうぞ」

小梅が片手を差し出すと、

「ありがとう」

およう は小梅の手を借りて船に乗り移った。

「履物を脱いで、中へどうぞ」

佐次が屋根の下に掛けてあった簾《すだれ》を巻き上げて、船内へ入るよう手で促す。

小梅は、お美乃とおように続いて、畳なら三畳ほどの莫蓙《ござ》の敷かれた船内に入り込んだ。

船内の真ん中には櫓《やぐら》の炬燵《こたつ》が置いてあったが、

「本日はお招きに与り、ありがとう存じます。ひとつよろしくお願いいたします」

膝を揃えた小梅は改まって、お美乃に頭を下げた。

「来て頂いて、お礼を言うのはこっちですよ」

お美乃は笑顔で片手を打ち振ると、

「小梅さん、今日はいいお日和でよかったわ」

およう《　》まで笑みを浮かべた。

「ほんとに」

小梅はそう応え、薄紅色の地に春の花をあしらったおようの着物が時季に合っているると褒めると、

「一年前は着る折の無かったものなんです」

照れたように微笑んだ。

頻繁に押し寄せる屁に悩んでいた頃より、おようの表情は幾分豊かになったように思われる。昨年の師走、思い切って外出をしたことで、身も心も快方に向かっているのかもしれない。

「炬燵には火が入っておりますんで、どうかごゆっくり。それに、隅の方には白湯の入った土瓶、湯呑、菓子箱もありますから、お好きに召し上がってくださいまし。それじゃ、すぐに船を出しますが、今日は風もないようですから、大して揺れることもありますまい」

船内に顔を突き入れた佐次が口上を述べると、巻き上げていた簾を下ろした。

佐次の操る屋根船が亀戸村に着いたのは、浅草下平右衛門町の入り堀を出てから半刻（約一時間）あまり経った頃おいだった。

『玉井屋』の船着き場を離れた屋根船は、大川を二町（約二二〇メートル）ばかり下ったところに架かる両国橋を潜り、その先で舳先《へさき》を左に向けて竪川に入り込んだ後、東へと進んだ。

四ツ目之橋を過ぎ、深川北松代《まつしろ》町の先で舳先を北へ向けた佐次の屋根船は、横十間川とも呼ばれる天神川の天神橋を通り抜けた先にある、亀戸天神裏鳥居の船着き場に船縁を付けた。

船内の小梅たちを船から下ろすと、

「まずは、この先の梅屋敷に案内します」

佐次は、小梅とおよう、それにお美乃の先に立って田んぼ道へと足を向けた。

梅屋敷とも称されている梅見の場所は、亀戸天神から三町（約三三〇メートル）ばかり北東にある土地の百姓の住居だが、主が丹精した臥竜梅が評判をとっていて、例年、多くの人が詰めかけている。

そこで四半刻ばかり梅を堪能した小梅ら一行四人は、行きに通った田んぼ道を引き返して、裏鳥居から亀戸天神の境内に足を踏み入れた。

時節柄、境内はかなりの人混みである。

亀戸天神は梅も有名だが、藤の花が咲く頃にも、多くの人が押し寄せる。

立ち止まって花見などしようものなら、前後左右から人に押されて倒される恐れがあるくらい混み合う行楽の地であった。

「境内は素通りしまして、梅見物は別のところからゆっくりと」

そう言って先に立ったお美乃は、天神社を取り巻く外周の道に出ると、一軒の料理屋に小梅ら三人を案内してくれた。

そこは、前々から席を頼んでいたらしく、お美乃とは顔馴染みらしい女将が、一行を二階の座敷に案内してくれた。

「小梅さん、佐次さん」

およう《う》が、小梅と佐次を窓辺に手招くと、閉まっていた二枚の障子を左右に開いた。

「おぉ」

窓の外を見て佐次は声を洩らしたが、眼下に広がる亀戸天神の梅林を目の当たりにして、小梅は声もなく、ただ眼を丸くした。

「わたし、やっぱり梅見に来てよかった。久しぶりに気が晴れ晴れとするもの」

しみじみと口にしたおようは、外を向いたまま大きく息を吸い込む。

そして、このところ、いつも気にしていた屁のことも忘れることがあると言い、さらに、屁をひる頻度が心なし間遠くなったようだとも続けた。

「それはきっと、外に出て足を動かすのが、腹の動きまでよくしているからだと思いますよ」

推量した感想を述べた小梅は、おように荒療治を決行したお美乃に、

「よく思いつかれましたこと、恐れ入りました」

心から称え、それに応じたおようにも褒め言葉を掛けた。

すると、お美乃は畏まって畳に膝を揃え、

「それもこれも、小梅さんや佐次さんのお力添えのお蔭と思っております」

小梅と佐次に向かって手を突いた。

「お待ちどおさまぁ」

廊下から陽気な女の声がして障子が開くと、四人の女中たちが昼の膳を部屋に運び入れ始めた。

六

大川の西方に日が傾いている。

日の入りまで、あと四半刻という頃おいかと思われる。

小梅やおよう、お美乃たちの乗った屋根船の中に、西日が射し込んでいた。

女三人は、簾を巻き上げた船縁に片腕を預けて、西日を照り返す川面をぼんやりと眺めている。

佐次が操る屋根船の近くを、大小の荷船や釣り舟が行き交う。

他の屋根船も何艘か見受けられるが、おそらく、大川の春景色を見ようという粋人や梅見の連中が仕立てたものだろう。

佐次の屋根船は浅草下平右衛門町の入り堀に入り込むと、『玉井屋』の船着き場に船縁を付けて止まった。

　すると、『玉井屋』の裏口近くの縁台に腰掛けていた二人の男が駆け出して来て、

「お帰りなさい！」

　声を掛けると、舳先に立った佐次から縄を受け取り、船着き場の杭に舫い始めた。

　西日を背にしていて、顔つきがよく見えなかった二人の男は、金助と弥助の二人だった。

「ここでなにしてるんだよ」

　小梅が声を掛けると、

「こっちの仕事が早く終わった時は、佐次兄ィの船の掃除を手伝ったりしてるんですよ」

　そう言って、弥助がにやりと笑った。

「手伝いのあとの酒を狙ってやがるんだ」

　佐次はそう言うと、船着き場に飛び移り、屋根船の簾を巻き上げて、

「船は押さえてますから、どうぞお下りになって」

　船内のお美乃と小梅たちに声を掛けた。

朝方乗り込んだ時と同じように、佐次はお美乃の手を取ってやり、先に下りた小梅はおようの手を取って、屋根船から船着き場へと支えた。

そこへ、『玉井屋』の女中がやって来て、

「このまま裏口の中にどうぞ。そこに濯《すす》ぎを用意してございますので、足をお拭きになったら、お座敷へご案内させていただきます」

言うや否や、お美乃母子の先に立って、裏口へと足を向けた。

それに続いて歩を進めた小梅は、入り堀の入口に一番近い『鶴清楼』の船着き場に着いた屋根船から、侍二人と町人二人が下りた様子を眼にした途端、ふっと足を止めた。

金茶色の着物と羽織姿の町人は、材木問屋『日向屋』の主、勘右衛門と見て取れる。そのあとには、勘右衛門より頭一つ上背のある羽織袴姿の二本差しの侍と、その従者のような黒ずくめの出で立ちの侍が続き、最後に、鼠色に万筋柄の着流しに紺の羽織を着た、肉付きのいい体軀をした丸顔の町人風の男がいた。

「知人でもいるのかい」

佐次から声が掛かったが、

「いや、ちょっと」

曖昧に答えた小梅は、再度、『鶴清楼』の船着き場から岸辺に進む四人の一団に眼を遣った。

すると、こちらも足を止めて小梅の方を見ていた勘右衛門が、上背のある侍に問われたらしく何事か短く答えると、先に立って『鶴清楼』の裏口から建物の中に入って行った。

小梅は、先に『玉井屋』の裏口に消えたお美乃とおように続いて入ろうとしたのだが、戸口で足を止め、再度『鶴清楼』の船着き場に眼を向けた。

先月、何者かに押し入られて斬殺された深川の材木問屋『木島屋』の主、甚兵衛を最後に見かけたのは、正月七日のこの船着き場だった。

甚兵衛は、『鶴清楼』の船着き場に係留されていた屋根船の中に恭《うやうや》しく頭を下げた後、その船に乗り込んだのだ。

奇しくもその同じ場所で、材木問屋『日向屋』の主を見かけたことに、小梅は奇妙な思いを抱いてしまった。

すっかり日の暮れた船宿『玉井屋』の二階の座敷では、二台の行灯に明かりが灯されている。

夕餉の膳を前にした小梅は、並んで膳に着いているおようとお美乃と対面する形で箸を動かしていた。

閉め切られた窓の障子を通して、時々、大川の水音が届いている。

行き交う船が作った小波が、岸辺にぶつかる音だろう。

「ごめんくださいまし」

年増女の声がすると、廊下の障子が開けられて、

「『玉井屋』の女将でございます」

年の頃五十ばかりと思しき女将が、膳を前にした三人に頭を下げるとすぐ、座敷の中に膝を進めて手を突き、

「この度は、数ある船宿の中から『玉井屋』をお使いいただき、まことにありがとう存じます。うちの船頭の佐次が、日本橋の『加賀屋』さんと知り合いだと聞いて驚いております。今後とも、どうか『玉井屋』を御贔屓《ごひいき》くださいますよう、よろしくお願い申し上げます」

丁寧な口上を述べた。

それには、箸を止めていた小梅たち三人も軽く頭を下げて応える。

「女将さん、佐次さんには夕餉の膳をここでわたしどもと一緒にと、声を掛けていたんですが」

お美乃が控えめに尋ねると、

「ええ、そのことは伺っておりましたから、わたしもお座敷に行くよう佐次には勧めたんですけど」

「いやなのかしら」

ぽつりとおようが呟くと、

「いえいえ、とんでもないことでございます」

女将は、慌てて片手を左右に打ち振った。

「船頭風情がお客さんの席にしゃしゃり出てご馳走に与るのは気が引けると言うんですよ。他所《よそ》の料理屋ならいざ知らず、自分の仕事場のお座敷にまで上がるのは図々しいにもほどがあるなどと、ええ」

「それで今、佐次さんは」

お美乃が気遣うように問いかけると、

「時々佐次のもとに顔を出す若い衆二人と、台所で結び飯を」

返事をした女将は、大きく上体を前に倒して頷く。

「さっき、船着き場で手伝っていた二人のことです」

小梅が女将の言葉に言い添えると、お美乃は得心したように頷き、

「佐次さんというお人は、分というものを弁《わきま》えておいでだねぇ」

そんな言葉をおように向けた。

「そういう控えめな所が佐次さんらしくて、いつも感心するのよ」

呟くように口にしたおようは、箸を手にしたままうんうんと、一人合点をした。

七

身支度を整えたお美乃、およう、それに小梅が船宿『玉井屋』の玄関を出ると、女将と女中二人が見送りのためにそのあとに続いた。

夜の帳に包まれた『玉井屋』の表には、軒行灯や建物の中から洩れ出る明かりに

照らされた二丁の四手駕籠があり、二人一組の駕籠舁きがそれぞれの駕籠の近くに控えていた。その駕籠の近くには、朝方、船の見送りに来ていた『加賀屋』の女中と手代の姿もあった。

「おっ母さん、佐次さんが」

小さく声を出したおようが、玄関わきの暗がりをそっと指さした。

軒行灯の薄明かりの下に、金助と弥助を伴って立っている佐次の姿があった。

「佐次さん、今日は何かとお世話様でした」

お美乃が声を掛けると、

「とんでもないことです」

低い声で応えた佐次は、片手を小さく横に振った。

「それではここで」

お美乃が声を掛けて駕籠に乗りこむと、脱いだ草履は手代が、おようが脱いだ草履は女中が、それぞれの駕籠の中に入れた。

すると二丁の駕籠の垂れを下ろした駕籠舁きが、掛け声とともに担ぎ上げた。

「またのお越しをお待ちしております」

女将が声を発すると同時に、駕籠舁きたちの掛け声も上がって、二丁の駕籠が動き出した。

駕籠が角を曲がって見えなくなると、

「佐次、遅くならないように片付けを切り上げなさいよ」

女将は声を掛けると、二人の女中を引き連れて玄関へと入って行った。

「小梅さん、ほんとに歩いて帰るんですか」

弥助が心配そうに尋ねると、金助が、

「なんなら、片付けが終わるまで待って、おれたちとどこかで一杯やりましょうや」

酒の席へと誘った。

「いやぁ、朝からあちこち歩き回ったから、今夜の酒は回りすぎるよ」

小梅は笑って返答したが、遠慮でもなんでもなかった。

「この辺りで酒に酔うと、うちまで千鳥足で帰らなきゃならなくなるからさ」

その心配を口にすると、

「そん時ぁ、おれと弥助さんも帰り道だから、担いででも『薬師庵』に送り届けますよ」

金助が請け合ってくれた。

「それはありがたいけれど、そんなざまをうちのおっ母さんに見られたら、後々《あとあと》なんて言われ続けるか、考えただけで恐ろしくなるじゃないか」

金助の好意を半分本気で辞退すると、

「またね」

佐次たちに軽く手を上げて、小梅は代地河岸の方へと足を向けた。

大戸を下ろした商家や明かりを灯している居酒屋の前を通り過ぎ、隣りの船宿『田丸屋』の玄関先も通り過ぎた。

三味線の音がする黒板塀の料理屋を通り過ぎたところで、小梅はふっと足を止めた。

建物の出入り口の脇に、『鶴清楼』と書かれた提灯が下がっていた。

夕刻見かけた材木問屋『日向屋』の主、勘右衛門が、侍二人と町人一人を伴って入って行った船宿である。

今になって、勘右衛門一行四人のことが妙に気にかかるのだ。

　勘右衛門の後ろにいた背の高い侍の風貌を、どこかで見かけたような気がしていた。

『鶴清楼』に入って、侍が何者か尋ねても、おそらく教えてはくれまい。

　客の素性など、船宿の者も客を乗せた船頭も、他人に洩らさないというのが暗黙の取り決めだと、以前、佐次が厳として口にしたことを、小梅は忘れてはいない。

　小梅は、ゆっくりと体をねじり、去ったばかりの『玉井屋』の方を窺う。

　建物の外に、佐次や金助たちの姿はすでになかった。

　船着き場に回って、やり残した屋根船の片付けに取り掛かったものと思われる。

　小梅は、素早く『鶴清楼』の三和土に足を踏み入れた。

「こんばんは」

　遠慮がちな声を出したが、なんの応答もない。

　微かだが、人の話し声や三味線の爪弾きが聞こえる。

「こんばんは」

　小梅は、ほんの少し声を張った。

「おいでなさいまし」

三和土から通じている下足棚のある部屋から、『鶴清楼』の半纏を着た下足番と思える白髪の老爺が現れ、

「なにか」

裁着袴姿の小梅を訝しそうに見遣った。

「実は、今日の夕刻、裏の船着き場で、材木問屋の『日向屋』の勘右衛門さんがこちらの裏口からお入りになったのを見かけたもんですから、まだおいでなら、一言ご挨拶でもしようかと思いましてね」

小梅は、いかにも通りすがりの体を装い、軽やかな物言いをした。

「『日向屋』さんなら、まだおいでですが」

老爺からそんな答えが返ってきた。

「しかしなんですね。ご一緒にお入りになったお武家様がどなたか分からないではお声も掛けにくうございます。お武家様は確かお二人だったと思いますが、もし、ご存じなら」

そこまで口にした小梅が、ふっとあとの言葉を飲み込んだ。

三和土から上がった先の板の間には帳場と二階への階段があり、奥へ通じる廊下

には、目隠しのような暖簾が下がっていた。

その暖簾の向こうに見えた黒の袴が、急に立ち止まったのに気付いて、

「でもまぁ、どうしてもというわけじゃありませんから」

笑みを浮かべた小梅は、下足番に向かって「もういい」という風に、手を横に振った。

すると、いきなり暖簾が割れて、腰に脇差を差し、左手に大刀を摑んだ上下黒ずくめの男が三和土の小梅に鋭い眼を向けて歩み寄ってきた。

夕刻、勘右衛門のあとに続いて『鶴清楼』に入った、両の眉毛の濃い、三十代半ばの侍だった。

「勘右衛門さんには後日お目にかかることにして、今夜はもう、声など掛けずにこのまま通り過ぎることにしますよ。邪魔しましたね」

努めて明るく振る舞った小梅は、下足番の老爺にひょいと片手を上げて、すたすたと玄関の外へと足早に出た。

八

神田川に架かる柳橋を渡って下柳原同朋町に歩を進めた小梅は、喧騒渦巻く両国西広小路へと足を踏み入れた。

芝居小屋や見世物小屋が立ち並び、楊弓場《ようきゅうば》や水茶屋の女たちの客を呼び込む甲高い声や、酒に酔った男どもの、ぶつかっただの足を踏んだだのという諍いの怒号が交錯している。

諍いの声だけではなく、男どもの笑い声や女のけたたましい嬌声も入り混じる。

春とは言え、川端を吹き抜ける夜の風は冷たいが、酒や食べ物を売る屋台からは、温かそうな湯気が舞い上がる。

そんな人混みの中を掻き分けるようにして広小路を横切った小梅が、横山町三丁目の通りに入り込んだところで、いきなり腕を摑まれた。

「なんだい」

声を上げて、摑まれた腕を咄嗟に振り払うと、塀際に立った常夜灯の陰から二人の男がふらふらと現れた。

膝下までしかない襤褸《ぼろ》のようなどてらを着込んだ丸坊主の男と、古びた法衣に身を包んだ蓬髪《ほうはつ》の男が小梅の行く手に立ち塞がった。

「ほら見ろ。やっぱり女じゃねぇか」

蓬髪の男が舌舐めずりをして小梅に顔を近づけた。

「そこをおどき」

蓬髪の男を押しのけて行こうとすると、

「そう言わねぇで、その辺で一緒に酒でも飲もうじゃねぇかよ」

小梅は、丸坊主の男に手首を摑まれた。

すぐに振り払おうとしたが、丸坊主の男は思いのほか力が強く、いくら手を動かしてもがっちりと摑まれた手首は外れそうもない。

「川っ縁の薬研堀にゃ空の小舟があるし、酒を飲むにも遊ぶにもうってつけでな」

「手を離しやがれっ」

両足を踏ん張って抗《あらが》ったのだが、丸坊主は小梅の手首を摑んだまま引きずり、道を曲がる。

酒の酔いもある蓬髪の男も、小梅のもう一方の腕を摑み、丸坊主とともに引きずる。

二人の膂力《りょりょく》には敵わない——思い知った小梅は、抗うのをやめると同時に、二人の男に、いきなりすっと身を寄せた。

すると、引っ張ろうとしていた男二人は、突然力の均衡を失って、

「あぁあぁあぁ」

声を上げて小梅を引っ張る手を離すと、よたよたとたたらを踏んだ後、ドサリと地面に腹這った。

「ざまぁみやがれ」

小さく捨て台詞を吐いた小梅は、武家地を貫く道を急ぎ西へと足を速めた。

突き当たった横山同朋町の三叉路の角に身を潜めて背後を窺うと、追って来るような人影も足音もない。

「ふう」

大きく息を継いだ小梅は、ゆっくりと歩を進め、若松町の手前で右へ折れた。

武家地と町家の間の道を真っ直ぐ行けば、四町（約四四〇メートル）ほどで浜町

堀に突き当たる。

堀に沿って南へ向かい、高砂橋を渡れば『薬師庵』のある高砂町に行きつくのだ。

両国西広小路から六、七町（約六六〇～七七〇メートル）ほど離れた村松町の通りに明かりはなく、暗い。

広小路の喧騒も届かず、町はしんと静まり返っている。

聞こえているのは、小梅の草履の音だけである。

いや。

何かが密かに、背後に迫っているような気配がする。

今になって思えば、二人の酔っ払いから逃げ切ったあと、横山町辺りから付けられていたようにも思える。

村松町の通りを半分ほど進んだ辺りに四つ辻を見つけると、小梅は悠然と右へ曲がり、その直後、脱いだ草履を手に持って駆け出した。

半町ばかり走った先に、人ひとり入れるくらいの家と家の狭間を見つけると、体を横にして入り込み、身を潜めた。

しばらく息を潜めてみたが、通りを行く人の姿はない。

口には出さず、ゆっくりと数を勘定してみたが、五十を数えてみても、人が追って来る様子はない。

小梅は、狭間の出口からそっと通りの左右を窺うが、人の姿はなかった。

左右の手に草履を持ったままの小梅は、足袋を履いた足でゆっくりと通りに出ると、村松町の四つ辻とは反対方向の橘町の四つ辻へ向けて、家々の軒下に沿うようにして足を忍ばせる。

橘町の四つ辻に至ると、迷わず左に折れて浜町堀を目指した。行く手の浜町堀に架かる千鳥橋を渡って、浜町堀の西岸を南へと行けば日本橋高砂町の『薬師庵』までは、四町（約四四〇メートル）足らずで帰り着けるという寸法である。

橘町の通りから浜町堀東岸に出たところで草履を履き、千鳥橋に向かおうとした時、建物の陰から飛び出した人影が小梅の面前で立ち止まった。

咄嗟に身構えた小梅の眼に、紺か黒かは分からない着流し姿の男が少し足を開いて立っているのが映った。

首に襟巻を巻き、頭からすっぽりと被った手拭いで顔を隠し、顎の脇で手拭いを捩《ね》じって留めている。

「わたしを付けていたのは、お前さんかい」

顔の見えない相手に声を掛けると、

「酔っ払いとはいえ、男二人を地面に転がすなんぞ、おめぇは何もんだよ」

顔は見えないが、声の張りや立ち姿などから、二十代半ばほどの町人だろうと推量した小梅は、

「わたしになんの用だい」

油断なく声を発した。

「さっき『鶴清楼』に上がり込んだ武家の名を聞いたそうだな」

あっ――思わず声に出しそうになった小梅は、その声を飲み込んだ。

頰《ほ》っ被《かむ》りの町人から、この問いかけが返って来るとは予想もしていなかった。

『鶴清楼』の玄関に姿を見せた黒ずくめの侍に命じられて小梅を追って来たのだろうか。

「どうして、お武家の名を聞いた」

頰っ被りの町人の声には、抑揚がなかった。

「わたしが知っているお人と一緒だったからね」

「『日向屋』を知ってるのか」

頬っ被りの男に問われた小梅は、返事に迷った。

知っていると言えば問い詰められた末に、以前、灸の出療治に行ったことがあるという経緯を口にしなければならない仕儀になりそうな気がする。

だが、今は、素性を明かしたくはなかった。

「黙ってるところを見ると、おめぇは、脛《すね》に傷をもつ生業だろう」

男は、低い声で決めつけた。

「真っ当な生業をしてるよ」

「去年から、武家屋敷や大店に入り込んで、値の張る品々を盗み取っては世間に晒してる『からす天狗』は、女だっていう噂も聞くからな」

「それがわたしに見えるかい」

腹立たしげな物言いをした小梅は、思わず肩を怒らせた。

「荒くれの集まる両国を女一人で突っ切って、付けられてると知った途端に身を隠す。そんな女が、真っ当な生業をしているたぁ、おれには見えねぇ」

「だったらなんだっていうんだい」

小梅が伝法な声を発すると、頬っ被りの男は懐に手を差し込み、ゆっくりと匕首《あいくち》を引き抜いた。

「胡散《うさん》臭い奴は始末しておけと言われてるんだよ」

相変わらず抑揚のない声を出すと、頬っ被りの男は小梅との間合いを詰めた。

九

匕首を抜いた頬っ被りの男に迫られた小梅は、後退《あとずさ》りながら、急ぎ、辺りに眼を走らせた。

刃物に素手では敵う訳もなく、得物になる棒を探す。

床山をしていた父の仕事場である芝居小屋に出入りしていた小梅は、小さい時分から、大部屋の役者が稽古をする立ち廻りに、遊び半分で参加していた。そんなことを何年も続けていたせいで、棒術の腕には自信があった。

だが、その棒が見つからず、小梅は浜町堀の東岸を南へと駆け出した。

一町（約一一〇メートル）足らず走ったところで村松町の通りへと左に曲がった

小梅は、天水桶に積んであった手桶を掴んで振り向き、追ってきた頬っ被りの男に得物代わりの桶を突き出した。

「おめぇ、おもしろいことをするね」

匕首を向けたまま、頬っ被りの男は小梅へと迫る。

その勢いのまま、小梅の胸元に向けて匕首を突き出す。

すんでのところで体を躱《かわ》すと、振り上げていた手桶で男の右腕を叩いた。

男は一瞬足を止めたものの、匕首を落とすことなく体勢を立て直すと、上下左右に匕首を動かして、建物の壁際に小梅を追い詰めようとしている。

体を左右に動かしながら、繰り出される匕首の切っ先を手桶で受けたり、叩いたりしつつも、追い詰められた小梅は天水桶に背中からぶつかった。

と同時に、積まれていたいくつもの手桶が崩れ、けたたましい音を立てて地面に転がった。

「あそこだ」

通りのどこかから男の声がすると、頬っ被りの男は、浜町堀の方へと駆け出したものの、その方向から駆けて来る人影に気付いて足を止めた。

すぐに向きを変えたが、浜町堀と反対側からは、一張のブラ提灯に照らされた二つの人影が駆けて来るのを見て、頬っ被りの男は仕方なくその場に突っ立った。

前後から現れた三つの人影は、浜町堀の方から来たのが佐次で、提灯を手にした弥助とともに現れたのは金助だと分かった。

「提灯の明かりをこいつに」

佐次から声が掛かると、頬っ被りの男の顔の近くに提灯を近づけた弥助が、

「おめぇは、小三郎――！」

上ずった声を上げ、男の頬っ被りを引き剝がした。

提灯の明かりに浮かび上がった男の顔に、小梅は、

「あ」

と声を上げて息を吞んだ。

耳の下に黒子のある、見覚えのある小三郎である。

すると突然、体ごと弥助にぶつかった小三郎は、止めようとした金助を押しのけると、裾を翻して両国西広小路の方へ向かって駆け去っていった。

「小梅さん、怪我は」

佐次の声に、小梅は首を左右に振って応えると、

「どうして――」

どうしてここに来たのかと問いかけようとしたのだが、あとが続かなかった。

「片付けが終わって柳橋の方に足を向けたら、『鶴清楼』から小梅さんが出たあと、さっきの頰っ被りの男が忍び足で付けたもんだからさ」

佐次の代わりに金助が、駆けつけた顚末を打ち明けてくれた。

「佐次さん、あの男が、深川の材木問屋『木島屋』の手代だった小三郎ですよ」

弥助の言葉に、

「なるほど」

静かに呟いた佐次は、引き締まった顔で頷いた。

大きく息を吸った小梅は、

「やっと、姿を現したね」

ぽつりと洩らして、小三郎が駆け去った通りの奥の闇に、じっと目を凝らした。

村松町の通りで佐次と別れた小梅は、金助とブラ提灯を手にした弥助に付き添わ

れて『薬師庵』の前に着いた。この先の難波町裏河岸にある長屋に帰る金助と弥助は、通り道だからと小梅を送り届けてくれたのである。

「佐次さんの酒にありつけなくさせて済まなかったよ」

小梅はそう言うと、袂から巾着を出して、一朱（約六二五〇円）を金助に差し出した。

「小梅さん、こりゃ多すぎますよ」

「いいんだよ。あんたたちが駆け付けてくんなきゃ、わたしの命はどうなっていたか。だから」

金助の手を取り、その掌に一朱を握らせると、

「今夜のことは、うちのおっ母さんには黙っていてもらいたいんだよ」

声を低めて、拝むように片手を立てた。

「分かりました。それじゃ」

承知した金助は、辞去の会釈をして、弥助とともに大門通の方へと足を向けた。

二人の影が角から消えるまで見送った小梅は、戸口に立って、腰高障子に手を掛けた。

心張棒が立てられていたら戸口を叩いてお寅を呼ばなければならないが、戸を引くと、思いのほかするりと開いた。

足音を殺して三和土に足を踏み入れたが、家の中に明かりはない。

戸袋の傍に立てかけてあった心張棒を敷居に立てると、足音を殺して上がり框に上がる。

小梅が、六畳の居間の襖をそっと開けて、中を窺う。

暗さに目が慣れてくると、敷かれた布団がこんもり盛り上がっているのが見えた。

お寅は搔巻《かいまき》を掛けて、横向きになって寝入っているようだ。

居間の襖を静かに閉めた小梅は、雨戸の閉められた縁側を回って、居間の奥にある自分の寝間にそっと入り込んだ。

六畳の小梅の部屋には、ありがたいことに布団が敷かれていた。

布団の脇に立った小梅は、足袋のあとに裁着袴を脱ぎ、着物を脱いで肌襦袢になると、衣紋掛けに下がっていた寝巻を着て扱《しご》き帯を結んだ。

「遅かったじゃないか」

隣りの居間から、不意にお寅の低い声がした。

「起こしてしまったね」

小声で詫びると布団に横になり、仰向けになって掻巻を掛けた。

「なぁに。入って来た時から分かってたよ」

「船宿で、『加賀屋』さんに引き留められてしまってね」

「ふん」

居間から、お寅の低い声が返ってきた。

「昼餉も夕餉も、ちゃんと食べたんだろうね」

小梅が問いかけたが、すぐに返事は来ず、

「なんとかね」

お寅は、面倒臭そうな声を出した。

遠くから按摩の吹く笛の音が届くと、盛りがついたような猫の声まで響き渡った。

「帰りが遅いから、船がひっくり返って溺れ死んだのかと思ったよ」

襖の向こうから、抑揚のないお寅の声がした。

「死んだかどうか、わたしの足を触ってみたらどうなのさ」

「おまえ――！」

掠れ声を洩らしたお寅が、音を立てて襖を開けた。

「ほれ」

小梅は、掻巻の下から出した片足を左右に動かして見せた。

「ちっ、あるじゃないか」

小さく吐き捨てると、お寅は軽く音を立てて襖を閉めた。

いっそ、捜していた小三郎と顔を合わせたことぐらいは教えてやろうかと思ったが、それはやはり思い留まった。

その経緯を話せば、お寅をあれこれ思い煩わせることになる。

そうなると、何かと口を挟んで来るから、小梅が煩わしくなる恐れがあった。

「おやすみ」

眼を閉じて声を掛けると、

「あぁ」

お寅から、小さな声が返ってきた。

静かになった寝間に、三味線の爪弾きに合わせた新内節《しんないぶし》が微かに届き、そのむせび泣くような歌声は、やがてゆっくりと遠のいて行った。

第四話　妖怪

一

『灸据所　薬師庵』の療治場はやっと静かになった。

江戸の商業の中心地からわずかに離れているものの、水路が縦横に走る堀留や浜町堀に挟まれた日本橋高砂町の『薬師庵』周辺は、朝の暗いうちから荷の積み下ろしに飛び回る人足や仕入れに躍起となる棒手振《ぼてふ》りなどが集まり、活気がほとばしる。

それも、日が昇り、昼近くになると、次第に静まるのはいつものことだった。

四畳半の療治場の薄縁に腹這っている火消しの新五郎の腰に、灸師の小梅は四半刻前から黙々と灸を据えていた。

近隣の町がいつものように静かになる刻限はだいたい決まっているのだが、『薬師庵』に限って、そんな決まりごとはない。

療治場に静けさが戻ったのは、つい先刻のことである。

小梅の隣りで灸を据えていた母親のお寅と常連のお菅の間で、とりとめのない世間話や噂話が繰り広げられて、その騒がしさにいささか閉口していたのだ。

些細なことを大げさに触れ回るお喋りを〈金棒曳《かなぼうひ》き〉というが、お菅がまさに近隣の出来事や噂話を、金棒を曳くような音を立てて触れ回る癖を持っていた。

困った人に頼まれて神様に拝んでやるのを生業にしているお菅は、名こそ伏せるものの、多くの人々の裏側に精通している。困ったことに、その話しぶりが面白いということもあって、『薬師庵』の常連の多くは〈金棒曳き〉の話を楽しみにしていた。

お菅の話を止められるのはお寅ぐらいなのだが、

「それに似た人がこの近所にもいてさぁ」

などと、話の輪を広げることの方が多く、誰にも打つ手がなかった。

小梅は、新五郎の腰に灸を据え終わると、敷いていた薄縁に落ちていた艾の灰を刷毛で掃いて取り、火鉢の中に落とす。

その間、着物の帯を締め直した新五郎は、

「ありがとよ」

そう声を掛けて、長押《なげし》に下がっていた町火消、壱番組『は』組の印半纏を手に取った。

～お芋の丸揚げぇ、お芋の丸揚げぇ、一串四文でございまぁす～

表の通りから、〈おさつの丸揚げ売り〉の口上がゆっくりと歩いて行く気配がした。

小梅が療治場から出ると、先に出ていた新五郎は板の間で足を広げ、腰に両手を添えて上体を後ろに反らしている。

「具合はどうです」

小梅は声を掛けた。

「灸は、据えればすぐに効くというもんでもないからねぇ」

笑み交じりで返答した新五郎は、

「けどあれだ、小梅ちゃん、心なし痛みが治まった心持ちだよ」

ゆっくりと腰を回す。

すると突然、居間の障子を勢いよく開けてお寅が出て来て、

「おさつの丸揚げ、お待ちぃ」

大声を張り上げながら三和土に下り、下駄をつっかけて表に飛び出して行った。

「おや、新五郎さんの療治は済んだのかい」

居間から顔を突き出したのは、先刻療治を終えていたお菅である。

「この前、若い衆と火事場の跡片付けに行った時、腰を捻《ひね》っちまいましてね。でもまぁ、歩くのに不自由はねぇんで助かってます」

新五郎がお菅に事情を述べたところに、

「おさつの丸揚げ売りの姿は見えなくなってたよぉ」

愚痴を言いながら三和土に戻って来たお寅が、大きく肩を上下させて板張りに上がった。

「新五郎さん、急ぎでなけりゃ、お茶でもどうだね」

「へぇ。それじゃ遠慮なく」

新五郎はお寅のあとから居間に入り、続いて小梅も入った。

「小梅、新五郎さんにお茶を淹れておあげ」

「うん」

小梅は、長火鉢に着いたお寅に返答すると、

「お菅さんの隣りにどうぞ」

お寅と長火鉢を挟んで座っているお菅の隣りを新五郎に勧め、自らは、猫板に近い場所に腰を下ろした。

猫板には、茶筒や客用の湯呑が置いてあり、茶の給仕をするには都合のいい場所である。

『灸据所　薬師庵』の居間は、普段は小梅とお寅が朝餉夕餉を摂ったりくつろいだりする場所だが、療治場が混んでいる時は待合の場所になっていたし、療治を終えたあと、帰りを急がない客たちの暇潰しの場にもなっていた。

天保十四年二月十九日の、穏やかな春の日の射す午前である。

「どうぞ」

ふたつの湯呑に茶を注いだ小梅は、ひとつを新五郎の前に置き、ひとつは自分の前に置いた。

「さっき、療治場でも話に出てたけど、このところ、例の奢侈禁止令に背く人たちが、以前にも増して手荒く引き立てられているらしいね」

お菅が、辺りを憚るかのように、声を低くした。

「うん。お役人に引き立てられていく錺《かざり》職人を田所《たどころ》町で見かけたんだよ」

小梅はすぐにお菅の話に呼応した。

引き立てられていくのを見たのは、二日前のことだった。

その様子を憐れむように見ていた近所の者によれば、錺職人は、高価な銀の細工物を作って売ったという科《とが》だった。

縄をかけられた錺職人を引っ張っていたのは目明かしだったが、そのあとをふんぞり返って同道していた二人の同心に小梅は見覚えがあった。

それは、昨年の十月のことだった。

『油堀の猫助』という深川の博徒の子分だった、『賽の目の銀二』が刺殺体で見つかった。その経緯《いきさつ》を調べようとした北町奉行所の同心、大森平助から、まるで調べの横取りをするかのように死体を奪って運び去った、南町奉行所の草津《くさつ》甚五兵衛《じんごべえ》と大山多三郎《おおやまたさぶろう》という同心こそ、眼の前の二人に違いなかったのだ。

手に縄をかけて引っ張る目明かしは、錺職人が倒れても起こそうとはせず、路上を引きずった。着物も顔も砂にまみれ、石ころにこすれて顔に血が滲んでも、傍にいた二人の同心も縄を引く目明かしも意に介さず、酷い扱いをしていた。

昨年の師走ごろから、武家屋敷から盗み取った高価な道具箱や装飾品などを高札場や大寺山門などに晒す盗人が世間を騒がせていた。

贅沢な品物を売り買いしたり、持っていたりするだけで、奢侈禁止令に触れて町人は奉行所から咎めを受けているのだが、その咎めは、武家には及ばないという。

そのことを知った町人たちは、武家に甘いお触れに反感を抱いていた。

そんな時に、武家屋敷などから盗んだ品々を世間に晒した盗人を『からす天狗』と呼んで、快哉を叫んだのだ。

その『からす天狗』は、年明け早々の正月、こともあろうに、南町奉行の鳥居耀蔵の屋敷から盗み取ったという高価な櫛や簪を、南茅場町の山王御旅所《さんのうおたびしょ》内に晒して騒ぎになった。

そのことで、奢侈禁止令の取り締まりに厳しい鳥居耀蔵の動きが鈍るのではと予想する向きもあったが、かえって厳しさを増したようだ。

小梅の知人の式伊十郎などは、『からす天狗』は虎の尾を踏んだと評したくらいだ。

「あれだね。鳥居耀蔵っていう、南町奉行そのものが冷酷っていうか、酷薄な野郎だって噂を聞くがね。情け容赦のねぇ奴だって」

世間の広い火消しの新五郎が、伝え聞いた噂話を披露すると、

「あぁ、それはあたしも聞いてるよ。おんなじ旗本からも、城勤めの連中からも、蝮《まむし》だの妖怪だのと陰口を叩かれてるらしいからね」

鳥居耀蔵の噂は、お菅にまで届いているらしい。

「そりゃ叩きたくもなるさぁ。去年の六月に、成田屋の七代目が江戸所払《ところばら》いになったのだって、贅を凝らした衣装で舞台に立ったからだってことだしさぁ」

お寅が眉を吊り上げて憎々しげな声を吐くと、

「ほらあの、本所生まれのくせに、葛飾《かつしか》などと名乗ってる、なんとかっていう浮世絵師の、ほら」

「北斎《ほくさい》」

詰まったお菅に小梅が助け舟を出した。

すると、火箸で灰をいじっていたお寅が身を乗り出して、

「そそそそ。その絵師が信州くんだりに行ってるのも、江戸じゃ好きな絵が描けないからだって、この前、人形屋のご隠居が言ってたよぉ。絵に文句をつけるくらいだから、値の張る人形なんか作ったら、お上の眼が恐ろしいって、ご隠居が終いには声を震わせていたくらいだよ」

周りを憚るような声を出すとすぐ、五徳に載った鉄瓶の胴を火箸で叩き、軽くチンと鳴らした。

「こんな風に、息を詰めて生きなきゃならねぇ世の中にしたのは、誰なんでぇ、ちきしょうめっ」

「ほら、お菅さん。珍しく新五郎さんが腹を立てておいでだから、ひとつ拝んで、蝮だか妖怪だかをどっかに追いやっておくれよ」

拝むようにとせっついたのはお寅である。

お菅は、難波町裏河岸の棟割長屋で〈拝み屋〉の看板を掛け、祈禱師に似た生業をしている。

病の平癒、失せ物探し、富くじの当籤《とうせん》願いなどを、正体の不明な神様に拝み、念

じて、依頼人から拝み代を得ていた。

「お生憎だね。あたしの拝みは、政《まつりごと》には効かないとの評判だ」

「じゃぁ、何に効くんだい」

新五郎が真顔で尋ねると、

「主に、体の不調かね」

そう返答して、お萱は自信ありげに小さく頷く。

「なんだい。だったら、ここで灸なんか据えずに、お前さんちで神様を拝めばいいじゃないかぁ」

お寅が口を尖らせると、

「まぁ、いいじゃないかお寅さん。持ちつ持たれつってことでさぁ」

お萱は平然と、湯呑の茶を飲み干した。

二

日の出直後の浜町堀に薄く靄《もや》が這っていた。

浜町堀に沿って南北に通じる東西の緑河岸一帯には、大工など出職の者や、奉公先に向かう老若男女がせかせかと行き交っている。

そんな人たちの間を縫うようにして、小梅は『鬼切屋』の若い衆の吉松と、横山町の方へ足早に向かっている。

療治にやってきた拝み屋のお菅や新五郎らと、世上の噂を言い合った日の翌日である。

夜明けとともに目覚めた小梅が朝餉の支度に取り掛かって、研いだ米を入れた釜を竈に掛けてしばらくすると、

「煙が出ていたから、こっちに回ったよ」

台所の戸を開けて顔を出したのは、神田佐柄木《さえき》町の版元『文敬堂』に出入りしている吉松だった。

そして、両国西広小路に近い横山町にある版元の『西湖堂《さいこどう》』に、今朝早く役人が押しかけたらしいと、目明かしの下っ引きを務めている顔なじみの男から聞かされたという。

以前、『西湖堂』という名を耳にしたことのある小梅は、出かける旨をお寅に告

げて、吉松とともに『薬師庵』をあとにしたのだった。

『西湖堂』に押しかけた役人の嫌疑は、奢侈禁止に関することではなさそうだと、吉松は口にしたが、

「吉松さん、あんた、『西湖堂』の騒ぎをどうしてわたしに知らせに来たんだい」

小梅はさっきから気になっていたことを尋ねた。

「ほら、あれだよ」

そう口にした吉松は、

「去年、武家から盗んだ品を晒し始めた盗賊が、世間から『からす天狗』と呼ばれた時分に、小梅さんおれに、『からす天狗』は女っていうことはないかって聞いたことがあったじゃないか」

かなり以前のことを持ち出した。

そんな話をしたあと、『からす天狗』は女かもしれないと書いた読売があると知った小梅は、吉松に会い、『文敬堂』はそんな文言を読売に載せたのかと詰め寄ったことがあった。

『文敬堂』は『からす天狗』は女だという説は無視したが、そんな噂を読売に書い

て売ったのは『西湖堂』だったのだという。

「だからね、『西湖堂』のことでは気になることがあるんじゃねぇかと思って、知らせに立ち寄ったんだよ」

「そういうことか」

得心した小梅は、小さく呟くと、一言礼を述べた。

吉松の話だと、〈『からす天狗』は女かもしれない〉という噂を読売に載せたあと、『西湖堂』には度々奉行所の役人が訪れて、『からす天狗』は女かもしれないと判断した理由を示せと迫っていたという。

だが、『西湖堂』は噂をもとに載せたらしく、理由を示すことは出来なかった。

それを境に、『西湖堂』の読売には奉行所の厳しい眼が向けられるようになった。

すると、お上の眼が自分にも及ぶのではないかと恐れた町人まで『西湖堂』の読売を買い控えたのである。それは、読売のほかに売っていた水茶屋の茶汲み女の人気番付や名所案内などにも影響し、売り上げを激減させていたのだと、『西湖堂』へと向かう道々、吉松は最近の事情を話してくれた。

商売仇とはいえ、『文敬堂』と同じような版元の災難は気になるところなのだろう。

日が昇ったばかりの両国西広小路近辺は静かである。

時折、棒手振りや荷車曳き、仕事場に急ぐ小僧や小女たちが、足早に行き交っていた。夜はいつも歓楽のるつぼと化す西広小路一帯は、夜の化粧を剝がしたかのように、殊勝な顔を見せている。

『西湖堂』は、広小路の南側の米沢町一丁目と境を接している、横山町三丁目の南の角地にあり、その表には野次馬が集まっていて、行き交う通行人の多くが足を止めたり、好奇の眼を向けたりして通り過ぎていく。

吉松とともにやってきた小梅は、『西湖堂』とはす向かいの、辻に立った。

『西湖堂』の表の戸は大きく開けられ、表にいた奉行所の小者たちは野次馬を追い払い、土地の目明かしや町役人たちは店の中と表を行ったり来たりと、忙しく動き回っていた。

店の土間に散らばった刷り物や白い紙が、忙しく動き回る役人たちの足でさらに蹴散らされている。

「新助《しんすけ》さん」

吉松が小さく声を掛けると、ぼんやりと『西湖堂』の方を見ていた、年の頃三十ばかりの男がゆっくりと顔を向け、

「吉松さんかぁ」

覇気のない声を洩らした。

「この人は、『西湖堂』さんの彫師なんだ」

新助を指し示して、吉松が小梅に告げると、

「新助さん、これはいったい――」

沈痛な声を掛けた。

「暮れ頃だったか、〈『からす天狗』は女かもしれない〉って読売を売ったのがケチの付き始めだったよ」

新助は、力のない声で口を開いた。

そんな内容の読売を売った後の災難は、来る道々吉松から聞いていたが、奉行所の厳しい追及はそれだけではなかったと、新助は洩らした。

「お奉行所が言うには、『西湖堂』は、『からす天狗』が何者かを知った上で女だと断じたに違いない。『からす天狗』の姓名、住まいなどを白状しろと、旦那さんを

大番屋に何度も呼び出して問い詰めたんだよ」

だが、『西湖堂』の主は、『からす天狗』など知らないと言い張り続けたという。

奉行所はさらに、白状しなければ盗賊の一味として『西湖堂』を牢屋敷に入れるとまで追い詰めたのだ。

「『西湖堂』の先行きは見えなくなり、その上、旦那さんは厳しい調べに疲れ果てて、おかみさんと二人、裏庭で首を吊ってるのが見つかってね」

「死になすったんで？」

吉松が押し殺した声を出すと、

「それがね、いつも来る蜆《しじみ》売りが庭を回って台所に行こうとして、柿の木に下がってた二人を見つけたお蔭で、すんでのところで命ばかりは助かったそうだよ」

息苦しそうに話した新助は、『西湖堂』の方に眼を向けた。

「『西湖堂』さんは、命があってよかったよ」

吉松が掠れた声を出すと、

「あぁ、それはね。だがね吉松さん、あんたも気を付けるんだよ。どんなことに難癖をつけられるか、分かったもんじゃねぇ世の中だからさ」

新助は、『西湖堂』の方を見遣ったまま、声に怒りを込めた。

三

浜町堀の西緑河岸は、先刻より高く昇った朝日を浴びていた。

横山町の『西湖堂』をあとにした小梅は、神田佐柄木町の『文敬堂』に行くという吉松とは通塩町で別れて、高砂町の『薬師庵』へと急いでいる。

竈に掛けた飯は炊きあがっているはずだが、箱膳に載せる味噌汁と添え物を用意しないと、腹を空かせたお寅からどんな罵声が飛ぶか知れたものではない。

浜町堀に架かる栄橋に差し掛かったところで、角を曲がって現れた目明かしの矢之助と、下っ引きの栄吉に出くわした。

「朝っぱらから、なんだい」

素っ頓狂な声を上げたのは、幼馴染みの栄吉だった。

小梅は、版元の『西湖堂』の主人夫婦に降りかかった禍を、横山町に行って、見てきた帰りだと打ち明けた。

「あぁ。そのことなら、さっき、大森様の役宅に知らせが届いたよ」

矢之助親分が、眉をひそめて呟いた。

北町奉行所の同心、大森平助から手札をもらっている矢之助は、毎朝、八丁堀にある役宅に行って朝の挨拶と、その日の探索などの指示を受けるのを日課にしていた。

「『西湖堂』の主人を追い詰めたのは、大森様じゃありませんよね」

小梅は、冗談のつもりで声をひそめたが、

「馬鹿なこと言うんじゃねぇ」

栄吉から、思いのほか強いお叱りの声が飛んできた。

「栄吉の言う通りだよ小梅ちゃん。奢侈禁止に背く者に厳しいのも、『からす天狗』捜しに躍起になってるのも、南町の方でね」

そう言って、矢之助は苦笑いを浮かべた。

南町奉行の鳥居耀蔵が奢侈禁止令の取り締まりに邁進《まいしん》することに、北町奉行の遠《とお》山金四郎景元《やまきんしろうかげもと》が異を唱えていたということは、以前、大森の口から小梅も聞いたことがあった。

「その大森様が、さっきおれたちに仰ったよ。南町奉行所は、この先はもっと容赦のない取り締まりに出るかもしれないってさ」

「それはいったい――」

小梅は、矢之助が口にしたことに、眉をひそめた。

「近々、遠山様が北町奉行の職を離れて、大目付におなりになるそうだよ。奉行から大目付だから、形の上じゃ昇進に見えるが、これは、老中の水野様と南町奉行の鳥居様の策謀だと大森様は仰った」

「それは、その、ご老中と鳥居様が、眼の上の瘤《こぶ》だった遠山様を遠ざけたってことですか」

小梅が身を乗り出すようにして問いかけると、矢之助は小さく頷き、

「それで、南町は誰憚ることなく、牙を剝くに違いないと申されたよ」

呟くような声を洩らし、ため息をついた。

「鳥居って南町のお奉行は、誰かが言うように、蝮《まむし》だぜ。藪に潜んで、人の足を毒牙に掛けやがる」

栄吉はそう言うと、薄笑いを浮かべて天を仰いだ。

小梅は、遠山金四郎という北町奉行の人となりなどは何も知らない。

ただ、周りの謀《はかりごと》で職を外された出来事には、怒りがこみ上げる。

浪人になった式伊十郎が、以前仕えていた矢部定謙という南町奉行も、鳥居耀蔵の讒言《ざんげん》で職を追われ、絶食をして憤死したと聞いている。

藪の隙間からチロチロと舌を出している蝮の様子が眼に浮かび、小梅は思わず身震いした。

『薬師庵』の療治場の障子は、庭に差し込む日射しの照り返しを受けて明るい。

中天近くからの日射しだから、ほどなく九つ半（一時頃）という頃おいかもしれない。

道具箱の引き出しを開けていた小梅は、減った艾や線香を足すと、客の首や肩に載せる手拭い四枚を、新しいものに替えた。

燃えた艾を掃き取った刷毛を火鉢の上で叩き、それを一番下の引き出しに仕舞う。

半刻ほど前、急な療治の依頼が飛び込んで、昼餉を摂る間もなく出療治に出掛けた小梅は、ほんの少し前に帰って来たばかりである。

帰って来ると、『薬師庵』にお寅の姿はなかった。

今朝早くやってきた吉松と、横山町の『西湖堂』で起きた騒ぎを見に行った小梅は、いつもより朝餉の刻限を遅らせてしまったのだが、お寅から文句は出なかった。

むしろ珍しいことに、漬物の樽から取り出した古漬けを箱膳に並べていたし、薄味ながら味噌汁も拵《こしら》えていたが、その時も、珍しく小梅を咎めることはなかったのだ。

「帰って来てるのかい」

出入り口の戸が開くとすぐ、お寅の声がした。

「療治場だよ」

小梅が返答すると、お寅が入り込んで来て、

「お前が出たあと、およしの倅が呼びに来たもんだから、ちょいと三光新道まで行って来たんだよ」

三光新道に住む、自分の幼馴染みの名を出した。

そしてすぐ、

「そうそう。お前が出掛けたすぐあと、『鬼切屋』の治郎兵衛さんが見えて、手隙

の時にでも元大坂町に顔を出してもらいたいと言ってたがね」

「分かった。今日、療治をするかどうか分からないけど、築地川の秋田《あきた》様のお屋敷に行って、綾姫《あやひめ》様の様子を見るつもりでいたんだ」

小梅はお寅にそう返答すると、その帰りに、日本橋箔屋町の『加賀屋』に立ち寄ってから、治郎兵衛の長屋に回ることにするとも告げた。

「え。お前、『加賀屋』さんにも寄るのかい」

「亀戸天神の梅見のあとの、おようさんの様子も見たいからね」

小梅がそう言うと、何か言おうとしたお寅が、思案げな面持ちでその場に座り込んだ。

旗本の秋田家は築地に屋敷があったから、高砂町の『薬師庵』からすれば、日本橋の『加賀屋』も同じ方角である。その二か所を訪ねた後の帰り道に、治郎兵衛の住む元大坂町があった。

「どうしたんだい」

小梅が訝るように声を掛けると、

「うん。ちょっとあれなんだけど」

自分の膝の上で弄ぶ手に眼を落としているお寅は、珍しく歯切れが悪く、

「どうあっても、『加賀屋』さんに寄るのかい」

上目遣いで小梅を見た。

「寄っちゃいけないのかい」

「というか――」

萎《しお》れるように小さく項垂《うなだ》れた。

「おっ母さん、はっきりお言いよ」

「うん。あれだ。お前が『加賀屋』さんたちと亀戸天神に梅見に行くと言った日、あたし、お前に腹を立てただろ？　どうしてお前だけがいい思いをするんだとかなんとか」

「覚えてるよ」

小梅は、梅見に行った五日前のことは鮮やかに記憶に留めていた。

梅見に行った亀戸天神門前の料理屋で昼餉を摂って、夕刻、浅草下平右衛門町の船宿『玉井屋』に戻ったら、夕餉の膳が待っている流れだと知ったお寅が、

「いつも外でご馳走に与るのは、お前だけだ」

というようなことを口にして、小梅を詰《なじ》ったのだった。

「あの時は、すまなかったよ」

お寅はしおらしい物言いをして、素直に頭を下げた。

「殊勝な顔して、どうしたのさ」

小梅が訝ると、

「お前が『加賀屋』さんと梅見に出掛けた十五日の昼のことだったよ」

お寅はしぶしぶ口を開いた。

朝餉夕餉は無論のこと、昼餉の支度もほとんどしないお寅は、その日の昼餉をどうしたものかと思案に暮れていたという。

そんな折、日本橋の料理屋『千仙《ちせん》』から、吸い物付の昼の松花堂弁当が届いたと声を潜めた。

〈働き手の娘さんを借り受けてしまい、『薬師庵』に一人残って灸を据えておいでの母親のお寅さんにお届けするように〉

『加賀屋』の内儀に言いつかった口上を述べると、『千仙』の使いは弁当を置いて帰っていったのだと、お寅は打ち明けた。

「はぁ」

話を聞いた小梅の口からは、ため息が洩れた。

「お前、『加賀屋』さんから何も聞いてなかったのかい」

「うん」

小梅は、お寅に小さく返事をすると、

「だけど、どうしてもっと早く言ってくれなかったのさ。梅見のあとに顔を合わせてたら、弁当のお礼も言わない不届き者だと思われるのは、このわたしなんだよ」

厳しい叱責を向けた。

すると、「だって」と小さく唇を尖らせたお寅は、

「あの時、あたし一人が除け者にされてるようなことを口走ったから、お前に言いにくくてさぁ。そりゃ、本当はあたしが直にお礼に行くのが筋だけど、今更行くのも決まり悪いから、お前の口から頼むよ」

おもねるように身をよじると、合掌して小梅を拝んだ。

四

『薬師庵』をあとにした小梅は、鎧《よろい》ノ渡《わたし》から南茅場町へと渡った。

八丁堀を通り抜けて築地の秋田家へ向かおうとしたのだが、南北の奉行所の与力や同心の役宅が立ち並ぶ坂本町一丁目の辻でふっと足を止めた。

お寅には、秋田家に行った帰りに日本橋の『加賀屋』に立ち寄ると言って出たのだが、それが後先になってもなんら差障《さしさわ》りはない。

八丁堀の坂本町からほど近い日本橋で、『加賀屋』での用を済ませてから築地へ向かうことにした。

楓《かえで》川に架かる新場橋を西へ渡った小梅は、ほんの寸刻で、箔屋町にある『加賀屋』に行きついた。

迎えてくれたお内儀のお美乃に、先日母親のお寅に松花堂弁当を届けてくれた気遣いへの礼を述べた小梅は、娘のおようの様子を尋ねた。

お美乃によると、亀戸天神の梅見のあと、おようの様子は良好で、以前ほど放屁に頓着することもなくなったということだった。

そのことに気を良くしているおようが、根津権現の躑躅《つつじ》見物や芝居見物にも行きたいと言い出していると、話すお美乃の顔に笑みが零れ、

「その時は、小梅さんにも佐次さんにも来ていただきたい」

そう言い添えるのを忘れなかった。

日本橋箔屋町から築地の秋田家までは、さほどの道のりはなかった。

楓川に沿って南に向かい、八丁堀を渡ってさらに南へ向かえば、築地本願寺の西方に行きつく。築地川に面した武家地の一角に秋田家の屋敷があった。

正月初旬の時分に訪ねて以来の訪問だった。

この日は、療治というより、秋田家の次女、綾姫《あやひめ》の様子を見るために足を向けていた。

昨年の十月、綾姫のうなじ近くに碁石大の禿《はげ》を見つけた小梅は、侍女と相談の上、禿のことは伏せた。

綾姫にあるような円形の禿は、あれこれ気を揉んだり、些細な事に思い悩んだり する若い娘に現れることを知っていた小梅は、気鬱《きうつ》のためと称して療治を続ける了

解を得ていた。

ところが、正月に小梅が秋田家を訪ねた時、婚家から里帰りをしていた姉の小萩《こはぎ》が禿を見つけて声に出したことで、綾姫の知るところとなった。

侍女と小梅が禿のことを隠していたと知って怒りを向けた綾姫だが、気が静まると、灸の療治は続けたいと言った。しかし、それ以来、療治の依頼がなかったため、訪ねてみる気になったのである。

秋田家の屋敷に通された小梅は、里帰りしていた小萩が、年が明けて間もなく婚家へ戻ったと侍女から聞かされた。

久しぶりに対面した綾姫は、思いのほか表情も明るく、

「侍女に見てもらった禿が、以前より小さくなっている」

嬉しげに口を開いたのだ。

綾姫の心中を忖度《そんたく》した侍女の嘘ではないかと、小梅は半信半疑で後頭部を見たが、確かに幾分か小さくなっていた。

なにがあったのかは知らないが、綾姫の気鬱は少しは解消していたのかもしれない。

屋敷を辞去する小梅が、秋田家の用人、飛松彦大夫の見送りを受けて玄関に立った時、思いがけない話を聞かされた。

「ここだけの話だが」

声をひそめた彦大夫が告げた話は、当主の金之丞《きんのじょう》が、老中の水野忠邦から、御書院番から北町奉行への役替えの打診を受けたというものだった。

「それは本当で？」

小梅が思わず問い返すと、彦大夫は小さく頷いた。

だが、遠山景元を密かに敬愛する金之丞は即答を避けて苦慮していたという。

それが幸いしたのか、返事を引き延ばしていたことにしびれを切らした老中水野は、金之丞に脈なしと取ったらしく、

「その後、ご老中から殿へは、なんの沙汰もなくなったがな」

彦大夫はそう言うと、ふふふと、小さく笑った。

小梅は今朝、遠山景元に替わって北町奉行になる人物のことは、目明かしの矢之助から聞いていた。新たに北町奉行になるのは、阿部正蔵《あべしょうぞう》という、老中水野と鳥居耀蔵に推された旗本だということだった。

「南町は誰憚ることなく、牙を剝くに違いない」

北町奉行所の同心、大森がそう口にしたと矢之助から聞いていた小梅は、その言葉通り、南町奉行はあらゆる方策を用いて、牙を剝いたのかもしれないと思った。

二月も半ばを過ぎた時季になると、日本橋川の両岸はかなり春めいている。日は西に傾いているが、沈むまでにはまだ一刻（約二時間）以上もある。

築地本願寺の西方、築地川に面した御書院番の旗本、秋田金之丞家を辞した小梅は、越前堀から南茅場町へと帰路をとり、鎧ノ渡から日本橋川を渡船で渡った。

小梅が日本橋元大坂町に着いたのは、日の入り前の淡い西日に包まれている頃おいだった。

七つ（四時頃）の鐘を聞いてから半刻ばかりが経っている。

香具師の元締を稼業にしていた『鬼切屋』の子分だった治郎兵衛や佐次たちから〈三代目〉と呼ばれている正之助は、元大坂町の隣り町、住吉町裏河岸の『嘉平店』に住んでおり、〈雷避けの札売り〉の金助と弥助は、住吉町裏河岸の隣り、難波町裏河岸に住んでいた。

「治郎兵衛さん、小梅だけど」

長屋の戸口で小梅が声を掛けると、

「お上がりよ」

中から、治郎兵衛の声がした。

「お得意先を廻ってたもので、こんな刻限になってしまって」

そう言いながら足を踏み入れた小梅は、土間を上がって、長火鉢を前にしていた治郎兵衛の向かいに膝を揃えた。

「なぁに、おれも四半刻ばかり前に帰ってきたとこだよ」

そう言うと、治郎兵衛は茶を注いだ湯呑を小梅の前に置いた。

「小梅さん、十五日の夜の話は、佐次や金助たちからも二日前に改めて聞いたよ」

「え」

小梅は、前置きもなく口にした治郎兵衛に戸惑ってしまった。

「亀戸天神の梅見に行った夜、行方の知れなかった小三郎に匕首を向けられたって話さ」

「あぁ。そのことですか」

得心した小梅は、「はい」と声を出して大きく頷いた。

それは、『加賀屋』のお美乃に誘われて亀戸に梅見に行った日のことである。

両国西広小路を過ぎ、浜町堀に至った辺りで、小梅を付けてきた頰っ被りの男に詰問された挙句に、匕首を向けられた。

異変に気付いて駆けつけてきた佐次と金助たちのお蔭で危機は逃れたのだが、

「おめぇは、小三郎――！」

提灯の明かりに浮かんだ男の顔を見た途端、見知っていた弥助が口にすると、頰っ被りを剝ぎ取られた小三郎は夜の闇へと一目散に駆け去ったのだ。

そのことは、梅見に出掛けた日の翌日、小梅から治郎兵衛には伝え、

「わたしは、たった一度、『木島屋』の手代姿の小三郎しか見てないので、顔かたちは朧《おぼろ》にしか覚えてませんが、油堀の猫助の子分だった弥助さんが名を口にしたからには、匕首を抜いた男が小三郎に違いありませんよ」

とも断言していた。

「小梅さんに話をしようと思ったのは、そのことにも関わることなんだがね」

治郎兵衛はそう前置きをすると、昨年の十月の晦日、行方をくらましていた小梅

の恋仲の清七が、一年ぶりに姿を現して小梅に訴えた疑念ともつながっているような気がするとも口にした。

昨年、小梅と久しぶりの再会をした時、清七は中村座から出た火で芝居町とその周辺が焼失した一年半前の大火事に、自分が一枚噛まされていたのではないかという疑念を洩らしていたのだ。

「そんな疑念を抱いた清七さんは、真相を突き止めると言い残して去ったあと、何日かして汐留川に死体となって浮かんでいたんだった」

治郎兵衛の声に、小梅は小さく相槌を打った。

死体の首には絞められたような痕もあるにはあったが、自死なのか殺されたのかは判然としないまま、清七の身内によって弔いは済まされていた。

清七の死の真相を知りたいと願った小梅は、「探る手蔓《てづる》はあるんだよ」と言ってくれた治郎兵衛に、調べを一任していたのである。

「材木問屋『日向屋』の主が、侍二人と町人風情の男と『鶴清楼』に入って行ったことと、その夜、小梅さんが小三郎に命を狙われたことを、真相を探る手伝いを頼んでる、わたしの古い知り合いの二人に話をしたら、大いに関心を示してるんだ

「そうでしたか」

小梅は、思わず治郎兵衛の方へ身を乗り出した。

「その二人の実名を言うのは憚るから、仮に一人を鎌次郎《かまじろう》、もう一人を丑蔵《うしぞう》と呼ぶことにするが、それでいいかい」

「はい」

小梅は、治郎兵衛の申し出をありがたく受け入れた。

「今後、鎌次郎と丑蔵は、材木問屋『日向屋』の周辺にも眼を向けると言ってるよ」

「『日向屋』にですか」

そう口にしたが、小梅には〈やはり〉という思いもあった。

「江戸でも五本の指に入ると言われる材木問屋なんてものは、大雨や火事で町人が困れば、お救い小屋を建てたり米を振る舞ったりもするが、その裏じゃ金儲けの算段にも抜かりはないからさ」

治郎兵衛はそう言うと、そのすぐ後、「それに——」と呟くような声を出し、

「『日向屋』と一緒に『鶴清楼』に入った一人の町人は、五十絡みの男じゃなかったかね」

と尋ねた。

「ええ」

小梅は、体つきのことを治郎兵衛に話した覚えはあったが、思い返してみれば、年恰好までは言っていなかったかもしれない。

五十絡みの男は肉付きのいい体軀をしていて、猪首《いくび》の上に大きな丸顔が乗っていたと伝えていた。

「その町人の風貌から、猪首の男は、香具師の徳造《とくぞう》に違いないよ。『山徳』の頭のね」

治郎兵衛の声音は静かだったが、穏やかだった顔を俄《にわか》に引き締め、

「『木島屋』の手代だった小三郎が、『日向屋』や『山徳』の傘の下に入り込んでるってのは、どういうことだろうね」

虚空を見て呟いた治郎兵衛の言葉は、小梅の疑惑そのものでもあった。

五

昨日は朝から雪が降って屋根や道を白くしたが、昼過ぎには止んだ。

今朝は朝から晴れ渡り、日陰の雪がわずかに残ったものの、大方の雪は昼前には解けてしまった。

障子を閉め切った『薬師庵』の療治場では、小梅が、うつ伏せになった針妙《しんみょう》のお静の首に灸を据えている。

元大坂町の治郎兵衛を訪ねた日から、二日が経った昼下がりである。

二十年以上も仕立物を縫う仕事をしているお静は、四十間近になった時分から眼の疲れを訴えて、時々、灸を据えにやって来る。

最近は、頭が重いと訴えるので、目の疲れと関わりのある首や肩の凝りをほぐすため、『肩井《けんせい》』という肩のツボや、『風池《ふうち》』『天柱《てんちゅう》』の首のツボ、それに、頭のてっぺんにある、『百会《ひゃくえ》』という頭のツボにも灸を据えている。

「ねぇ小梅ちゃん、最近この界隈に、尋ね人の妙な紙が貼られてるって知ってる？」

枕に片頬を預けてうつ伏せになっているお静が、のんびりとした声を出した。

「もしかして、卯之吉って倅の行方を捜してる貼り紙ですか」

小梅が問うと、

「そそそ」

お静はくぐもった声で返事をした。

神田鍋町の瀬戸物屋『笠間屋』のお内儀のお紺が、倅の卯之吉が行方知れずになったという文言を書き記した紙を、櫛屋の壁に貼っている光景を、小梅は先日、目の当たりにしていた。

「尋ね人の貼り紙なら、『玄治店』近くの櫛屋で見ましたよ」

「それが、そこだけじゃないんだよ。三光新道の祠《ほこら》や鎧ノ渡の眼の前の小網富士の鳥居の柱にも貼り付けてあるんだからぁ」

「へぇ」

小さな声を洩らした小梅は、刷毛につけた糊を板に塗りたくり、倅の名を記した〈尋ね人〉の紙を一心不乱に貼り付けていたお紺の、凄まじい執念を思い出していた。

「人に聞いた話だと、どうも、神田の瀬戸物屋の亭主が、元芸者を囲って『玄治店』に住まわせていたらしいんだけど、どういう経緯《いきさつ》かは知らないけど、瀬戸物屋の跡取り息子が、父親が囲っていたその女とどうやら、手に手を取ってどこかに姿を消したっていう噂でね。まるで芝居の色恋物だと言って、うちの近所じゃ大評判になってるよ」

「なるほど」

小さく応えると、小梅はお静の首の『風池』に艾を置いて、線香の火を点けた。

「こんちは」

家の戸口の方から男の声が聞こえた。

「誰だい」

お寅の声がすると、居間から三和土へと足音が続き、戸の開く音がした。

すると、

「なんだ、お前か」

ぞんざいなお寅の声が届いた。

「あのぉ、小梅さんは」

聞き覚えのある声がしてからほどなく、出入り口の脇にある療治場の障子が開いて、

「雷さんの片割れが来てるよ」

顔を覗かせたお寅が、戸口の方を顎で指し示す。

「弥助ですが、ちょっとお知らせしたいことがありまして」

遠慮がちな弥助の声が、療治場に届いた。

「お静さん、ほんのちょっと待ってもらいたいんだけど」

「いいよ」

お静の了解を得て、小梅は療治場を出る。

お寅は三和土の上がり口に突っ立っており、開いた戸の外には、二本の角を頭に載せた弥助が、虎柄の褌《ふんどし》を穿き、背中には小さな太鼓を付けた竹の輪を背負った姿で立っている。

〈雷避けの札売り〉を生業にしている者の決まった装《な》りである。

「すいません、ちょっと」

弥助は、外に出てもらいたい様子で腰を折った。

察した小梅は、下駄を履いて外に出ると、静かに戸を閉め、

「なんだい」

小声で問いかけた。

「昨日の雪で、雷避けの札売りは休みだったもんで、浅草田原町《たわらまち》の古着屋に行ったんです」

声をひそめて、弥助は口を開いた。

古着屋の中で着物を探していた時、弥助は、女連れで表を通り過ぎた小三郎を見かけたという。

「それで」

「古着を買うのをやめて、小三郎のあとを付けました」

弥助は、小梅にそう答え、小三郎は女と二人で並木町の居酒屋に入ったと続けた。

「外で半刻ばかり待ってたら、女と出て来た小三郎は、浅草寺脇の蛇骨《じゃこつ》長屋に入っていきました。先に立った女が戸を開けましたから、そこは女の塒《ねぐら》だと思います」

「うん」

小梅は、弥助の推量に相槌を打った。

小三郎と女は笑いながら話しており、その様子から二人は馴染んだ間柄に違いないとも弥助は見ていた。

「それから半刻して家の中に明かりが点くとすぐ、小三郎が一人出て来たんで、あとを付けました」

「それで」

逸《はや》る気持ちを抑えて尋ねると、弥助から、小三郎は上野の方に向かったとの返事があり、

「行先が上野とすれば、小三郎の行先は、山下にある香具師の『山徳』じゃありませんかねぇ」

そう言葉を続けた。

六

着物の上から裁着袴を穿いた小梅は、首に襟巻を巻き、普段着になった弥助と並んで道を急いでいる。

七つ（四時頃）を四半刻ばかり過ぎた大川西岸の通りは、人の行き来は少ない。物売りや担ぎ商い、それに出職の職人たちが家路に就くまでにはまだ間がある刻限だった。

昼過ぎに『薬師庵』に現れた弥助から小三郎を見かけたと聞いた小梅は、蛇骨長屋の女の住まいに案内してくれるよう頼み込んだのだ。

小三郎に直に近づくのは剣呑である。

馴染んでいると思われる女に会って、策を弄して小三郎の居所を聞き出す腹だった。

療治が終わる七つになるのを待って『薬師庵』を出た小梅は、一旦、難波町裏河岸の長屋に戻っていた弥助と高砂橋で落ち合い、浅草へと足を向けたのである。

だが、小梅が出かけるに当たっては、お寅との間でひと悶着あった。

「夕餉なら心配しなくていいよ。ご飯は朝の残りがあるし、療治の合間に焼いた鰯《いわし》もあるし、あさり汁も作っておいたから、火鉢で温めておくれ」

「そんなことを言ってるんじゃないんだよ」

お寅は、冷ややかな物言いをして長火鉢の傍に座り込んだ。

不機嫌のわけは夕餉のことだと思っていた小梅は、戸惑ってしまった。

「お前、このところ、仕事が終わると、度々家を抜け出してるじゃないか。抜け出すだけならいいが、町の木戸が閉まる時分になることもあるだろう」

お寅が言ったことは、小梅にも心当たりはある。

「好いた男が出来たなら出来たって、正直に言やいいじゃないか。そんなことなんかで、あたしが野暮を言うとでもお思いかい」

「そんなんじゃないんだよ」

小梅がやんわりと口にすると、

「ほう。だったらなんなんだい」

お寅は即座に問い返した。

「だから――」

口にしかけた小梅は、あとの言葉を飲み込んだ。

小三郎という男の行方を突き止められそうだと言えば、その経緯を聞き出そうとするだろう。正直に話せば、お寅は小梅の身の上の危うさに気付いて心配するかもしれない。

そんな事情を話すのも、出がけに「心配するな」と説き伏せられる自信も余裕もなかった。

「おっ母さん、今は詳しいことは言えないけど、清七さんがどうして死んだのか、一年半前、中村座からどうして火が出たのか、その火事に巻き込まれて、なんでお父っつぁんも多くの知り合いも死ななきゃならなかったのか、その辺の事情を知っているかもしれない人の行先に、辿り着けそうなところに来てるんだよ」

小梅の打ち明け話に、お寅は、大した反応を見せなかったが、小さく、

「ん」

ため息のような声を洩らして、天井に眼を向けた。

小梅は、お寅が次に何を言うのか待った。

「それを知ったからって、死んだお人が生き返ることはないんだけどねぇ」

独り言のような声を洩らしたお寅は、ゆっくりと膝の方に眼を落とす。

「そりゃ、そうだけど」

そんな声を返しただけで、小梅の口からもこれという言葉は出なかった。

「けど、まぁいいか。いいよ、お行きよ」

顔を上げたお寅が小さく「ふん」と笑って見せてくれたお蔭で、小梅は『薬師庵』をあとにすることが出来たのだった。

浅草御蔵前の通りを足早に通り過ぎた小梅と弥助は、駒形堂前から風雷神門前へと一気に突き進んだ。

夕暮れの迫る浅草広小路に出ると左に折れた辺りで先に立った弥助は、塔頭《たっちゅう》の建ち並んだ本願寺の敷地にぶつかったところで足を止め、

「あそこですよ」

指をさして、田原町三丁目の角地へと歩を進めた。

小梅の先に立って三丁目の小路を奥に入って行った弥助は、

「ここです」

棟割長屋の一番奥の家の戸口で足を止めた。

小梅は見回してみたが、戸の障子紙に、住人の名や仕事を窺わせるようなものは何もなかった。

「ごめんなさいまし」

戸を叩いた小梅は小さく声をかけたが、家の中からは何の応答もなく、人のいる

気配もない。

「弥助、あとはわたし一人で待ってみるから、あんたはお帰り」

小梅はそう言うと、巾着から四文銭と一文銭を取り混ぜた二十文（約五〇〇円）を弥助に握らせた。

「けど、小梅さん一人にしてなにかあったら、佐次兄ィたちに叱られますから」

弥助は躊躇《ためら》いをみせたが、

「わたしが、女一人に負けるとでもお思いかよ」

笑いを交えて小梅が言うと、弥助は「それじゃ」と頭を下げて表の通りへと去って行った。

小梅は、長屋の入口に近いところにある井戸近くの、物干し場の隅に置いてあった古い味噌樽に腰を掛けた。ここなら、外から入ってきた住人とは必ず顔を合わせられる。

この長屋に住む女が小三郎と馴染んでいるなら、住まいなど、いろいろ聞き出せるはずだった。

四半刻ほど待ったが、弥助が教えてくれた家の住人らしい女は姿を見せない。

今日のところは女の家が分かっただけでも良しとして、小梅は腰を上げ、表通りへと出た。

日の入りの直後で日射しはなかったものの、残照が通りを赤く染めている。

田原町三丁目の三叉路を、広小路の方へ足を向けた途端、小梅は足を止めた。

小さな木箱を背負い、『はり』と染め抜かれた幟を背中に立ててやって来る針売りの女の姿に見覚えがあった。

針売りの女もふっと足を止めると、

「どうして――」

針売り姿のお園が、不審の声を洩らした。

「材木問屋『木島屋』の手代だった小三郎を見かけたお人が、女と二人、蛇骨長屋に入って行ったと教えてくれたんだよ」

小梅は、お園から眼を離すことなく、静かに告げた。

七

「ここで立ち話もなんですから」

そう言って、お園が小梅を誘ったのは、浅草新寺町にある誓願寺という大寺だった。

新寺町の通りを挟んだ東には、浅草寺の境内があった。

誓願寺境内の一角に向かったお園は、日の翳《かげ》っている墓地へと小梅を案内して足を止めた。

「わたしが小三郎を捜していると知っていながら、どうして黙ってたんだい」

小梅が、つい伝法な物言いをすると、

「見つけたら教えるなんて、言った覚えはありませんよ」

お園から、木で鼻を括ったような声が返って来て、

「わたしと手を組むのを断った人にどうしてわざわざ教えなくちゃならないんですよ」

開き直ったように肩をそびやかした。

お園のそんな物腰に啖呵のひとつも浴びせてやりたかったが、返す言葉も見つからず、小梅はただ大きく息を継いだ。

その時、本堂の方から鉦《かね》の音が鳴り、僧たちが経文を唱える夕べの勤行《ごんぎょう》の声が聞こえ始めた。

「どうやって小三郎を見つけたんだい」

気を静めた小梅は、静かに口を開いた。

「針売りの装《な》りをして、練塀小路の鳥居の屋敷と深川の『笹生亭』を張っていれば、そのうち、鳥居耀蔵へと繋がる糸が見つかるというようなことを言った覚えがありますよ」

「あぁ。そうだった」

小梅は素直に頷いた。

「あなたや式さんに手を組むことを居酒屋で断られた後、わたしは意地になりましてね。連日『笹生亭』に足を向けたんですよ。それから三、四日通った時、着流しの上から黒の綿入れ半纏を着た若い男が、脇門から『笹生亭』に入っていくのを眼にしたんだ」

お園は、そう言い、綿入れの半纏を羽織った男に見覚えがあったとも告げた。

日本橋の材木問屋『日向屋』ともつながりのあった深川の『木島屋』に近づいていたお園は、手代をしていた小三郎を何度か見かけていたと打ち明けた。

「わたしは、『笹生亭』の留守を預かっている下男の爺様に送られて帰っていく小三郎のあとを、そっと付けましたよ」

小三郎のあとを付けると、永代橋を渡って、霊岸島から南茅場町へと向かい、日本橋の楓川の西岸に看板を掲げている材木問屋『日向屋』の裏に回って、勝手口から中に入って行ったと、お園は言う。

「『日向屋』が見通せる材木河岸の柳の木影に立ってたら、すぐに小三郎が出てきたから、そのあとに続いたんだ。そうしたら、どこにも寄らず、ひたすら上野へと向かって、『山徳』という看板の掛かった山下の一軒家に入って行ったよ」

そこまで見届けたお園は、近所を訪ねて『山徳』の商いを尋ねると、

「香具師の元締だよ」

という、幾分怯えの混じった言葉が返ってきたと洩らした。

そこまで細かく話をしたお園の言葉に嘘はないと、小梅には思えた。

「誰に命じられて使い走りをしているか知れないけど、あの男にくっついていれば、いつか鳥居耀蔵に近づく折もあるだろうと踏んで、小三郎に色目を使ったんですよ」

お園は小梅に向かって斜に構えると、さらに、

「向こうさんは遊びなれてるようだから、なにもわたしでなくてもよかったんだろうけど、まぁ、手軽な女と思って誘いに乗ったんだろうね。気が向けば長屋にも来るし、出合茶屋にも誘われてるよ」

まるで挑むかのように眼を向ける。

だがすぐに、お園は微かに自嘲気味の笑みを浮かべると、小梅に背を向けて暮れ行く空を向いた。

すると、本堂から届いていた読経の声が静かに消えた。

「鳥居耀蔵に近づけたら、どうするんだい」

小梅は、空を見上げているお園の背中に静かに問いかける。

見上げていた顔を元へ戻すと、

「隙を見つけて、死んだ小夜さんの仇を取りますよ」

お園は、背中を向けたまま、小声ながら、淀みのない物言いをした。

小夜というのは、お園が慕っていた年上の髪結い女の名である。

奢侈禁止令によって、女髪結いも禁じられたのだが、法の眼を掻《か》い潜《くぐ》って僅《わず》かな手間賃を得ている者も少なくなかった。

ところが、どういう経緯で知れたものか、小夜が奉行所の役人に捕らえられ、三十日の手鎖という罰を受けたと、お園の口から聞いている。

その手鎖を外された後、心を病んだものか、小夜は首を吊って死んだのである。

お園は、そんな小夜の苦衷《くちゅう》を我がこととして己の両肩に負い、彼女を死に追いやった南町奉行、鳥居耀蔵に狙いを定めているのだ。

「だけど、もとは学者の倅とは言え、侍は侍だよ。刃物を手にして近づけば、向こうは用心するだろうし、傍に居る郎党どもが黙っちゃいないよ」

「刃物なんか、わたしは持ち歩きません。針売りが持ち歩くのは、これですよ」

小梅の方に体を向けたお園は、背負っていた木箱を胸の前に抱いて蓋を上げると、箱の中から鈍く光るものを取り出して見せ、

「これは、仕立物を縫うお針子が使う針とは違うものだけど、針は針だ。見咎められても、言い逃れは出来ます」
五、六寸（約一五～一八センチ）はある銀色の畳針を、小梅の方に掲げて見せた。
「頼みがあるんだけどね」

小梅は遜《へりくだ》った物言いをしたが、お園は、推し量るような眼を向けただけで、返事はない。

「わたしをなんとか、小三郎に会わせてもらえないもんかね」

「こっちから向こうを呼び出す手立てはありませんよ」

お園から、冷ややかな声が返ってきた。

「あんた、昨日だって小三郎を長屋に連れ込んでたじゃないか」

思わず小梅は声を荒らげた。

「あるところに目印の白糸が巻いてあれば、いつもの場所で落ち合おうという取り決めでね」

「いつものというと」

小梅が身を乗り出すと、

「誰が教えるもんですか。あの男は、鳥居耀蔵に近づくためのわたしの持ち駒だ。そう簡単には手放せないさ。あんたがわたしと手を組むというなら、考えてやらなくもないけどね」

そう口にしたお園は鋭い眼を向けて、小梅の顔色を窺う。

「ふう」

小さく息を吐いた小梅は、

「あんたとは、手は組まない。一年半前、芝居町から火が出たのはなぜかって、そのわけを探ろうとしていた恋仲の男が、どうして死んだ姿で汐留川に浮かんだのか、わたしはそれを知りたいだけなんだ。人殺しをしようというあんたとは、狙いが違うんだよ」

そう言い切ると、お園の顔に微かに冷笑が浮かんだ。

「だったら、小三郎のことは諦めてもらいましょう。変に会わせたりすれば、勘ぐられたりするし、鳥居耀蔵に近づく折を失ってしまうかもしれない。それどころか、わたしが殺されることだってありますからね」

「いいだろう。こっちはこっちで小三郎に近づく手立てを考えるだけのことさ」

小梅が自棄のような物言いをした途端、

「あんたは動くんじゃないっ」

鋭い声を発したお園は、手に持っていた畳針を握ると、その尖端を小梅に向けて身構えた。

「邪魔をするなら、殺すしかないんだよ」

お園の眼には、ただの脅しとは思えない狂気が窺えた。

手ぶらの小梅は、墓石の脇に立っていた卒塔婆《そとば》を一本引き抜いて、両手に握った。

卒塔婆で打ち込んでも、向こうは大した痛みはなく、すぐに太い畳針の逆襲を食らってしまう。応戦しても、薄い卒塔婆は簡単に折られるだろうが、何も持たないよりはましだろう。

お園と間合いを取っている小梅は、棒代わりの卒塔婆を相手に向けて、ジリッと間合いを詰めた。

相手が迫っても、畳針が届く前に卒塔婆で突けば、お園の出足は止められるはずである。

「こんなことをしてなんになるんだ。命のやり取りをするほどのことなのか」

身構えたまま小梅が問いかけると、

「あんたが邪魔をしようとするからですよ」

対峙しているお園は、そう言い返した。

「そこで何をしておいでかっ」

いきなり、吠えるような野太い声が夕闇の迫る墓地に轟《とどろ》いた。

林立する墓石や卒塔婆の間から、袈裟《けさ》を掛けた老僧が現れた。

「申し訳も」

途中まで口にしたお園は、畳針を箱に仕舞うと、逃げるようにして駆け去って行った。

「これは、ちゃんと元へお返ししますので」

手にした卒塔婆を、急ぎ元の場所に突き刺した小梅は、老僧に向かって手を合わせるなり、下駄を鳴らして山門へと駆け出した。

八

あと三日もしたら、春分である。

小梅が、浅草の寺でお園と対峙した翌日の昼近くだった。

『薬師庵』の療治場では、薄縁の上に腹這った魚売りの常三の腰に、小梅が灸を据えている。

魚河岸から仕入れた魚を二つの盤台に並べ、それを天秤棒に下げて売り歩いたり、道端で三枚におろしてやったりしているから、常三は腰を痛めることが多く、月に二、三度は療治を受けに来る。

腰を痛めた時には、背中と腰にある『肝兪』『腎兪』『大腸兪』『殿圧』に灸を据えるのだが、ことに『腎兪』は、腰痛には特別に効くツボである。

「常三さん、『腎兪』に据えたら、今日の療治は終いにしますよ」

「おう」

組んだ手に顔を乗せていた常三から、寝ぼけたような声がした。

「寝てましたか」

「うん。静かになったらうとうとしちまった」

返事をした常三は、小さく笑った。

四半刻ほど前まで、療治をしていたお寅と、膝に灸を据えてもらうお菅の話し声が止まるところを知らず、さぞかし常三にはうるさかっただろうと思われる。

「『薬師庵』じゃ、桜見物はどうするんだい」

「特段、おっ母さんとうち揃って見に行くことはないねぇ。誰か一人はここに居ないと、急なことで飛び込んでくる人もいるからさぁ」

「そりゃ、そうだ」

常三は、小梅の言葉に相槌を打った。

小梅が、常三の腰に二か所ある『腎兪』のツボに二回目の艾を置いて、線香の火を点けた。

火鉢の五徳に載せた鉄瓶から立ち昇る湯気と絡み合うようにして、艾の煙が部屋に散って行く。

出入り口の戸が遠慮がちに開く音がして、

「ごめんなさいまし」

男の丁寧な声が届いた。

「おっ母さん、いるのかい」

小梅が、居間にいるはずのお寅に向かって声を上げると、

「いま、出るところだったんだよぉ」

不満げなお寅の声がした。

小さくフンと笑った小梅は、常三の腰で燃え尽きた二つの艾を指で落とすと、新たに艾を置いて火を点けた。

一つのツボに、大抵は三回から五回の灸を据えることにしている。

「こちら様に、出療治をお願いに上がったんですが」

「場所はどちらで」

お寅が男の依頼に問いかけると、

「深川なんでございまして」

「そりゃ、深川からわざわざうちにおいでになって申し訳ありませんが、遠い深川には、お馴染みさんの他はお断りしておりましてね」

お寅には珍しく、事を分けた物言いをして出療治を断った。

「わたしは、日本橋材木河岸の『日向屋』さんに頼まれて使いに来た者ですが、深川と言いましても、永代橋を渡ってすぐの相川町なんですがね」

男の声に、燃え尽きた艾を払いかけた小梅が、ふっと指を止めた。

材木問屋『日向屋』の使いの言う療治の行先が、深川相川町ということが、小梅にはまるで何かの符牒のように聞こえた。

「すみませんが、少し待っててください」

常三に断りを入れた小梅が、療治場の障子を開けて出ると、

「遠いところにお願いするので、療治のお代は一分（約二万五〇〇〇円）差し上げるようにと伺って参ったんですが」

土間に立っていた『日向屋』の使いが、療治代をお寅に告げたばかりだった。

灸のお代は、肩なら肩一か所につき、二十四文（約六〇〇円）と決まっている。従って、肩と腰の二か所になれば四十八文ということになるが、一分という額はあまりにも法外である。

するとお寅は、

「安心おし。あたしゃ、銭金に転びやしないよぉ」

小梅に向かって不敵な笑みを浮かべた。

「行先は、相川町のどちらでございます？」

「ちょっと、小梅っ」

お寅がすぐに不機嫌な声を向けたが、

「『笹生亭』という、近頃建ったばかりの一軒家でございまして」

使いの者がそう返事をした。

「わたしが伺いましょう」

緊張した面持ちで小梅がそう言うと、

「お前、金に転ぶのかっ」

お寅から非難の声が弾けた。

九

下駄を履き、裁着袴姿で道具箱を提げた小梅は、永代橋を渡っている。

日は真上から照り付けているが、刻限はほどなく八つ（二時頃）になろうかという頃おいである。

自分が断った深川での療治を勝手に受けた小梅を、お寅は昼餉の間じゅう、ぶつぶつと非難し続けた。

「遠い深川からの依頼は断る。応じるのは馴染みの客だけと決めていたから、あたしは心を鬼にして断った。なのにお前は母親の心意気に泥を塗った」

とか、

「見損なった」

などというお寅の謗《そし》りを背中に受けて、小梅は『薬師庵』をあとにしたのである。

行先の『笹生亭』という『日向屋』が建てた家が、南町奉行の鳥居耀蔵に供されていることをお寅に話しても、得心させる自信はなかった。

やむなく、「金に転んだ」という非難を甘んじて受けたまま深川へ向かったのだ。

灸の依頼をしたのは、『笹生亭』の主の鳥居耀蔵か、近しい人物かもしれないが、なぜ『薬師庵』に声が掛かったのかは分からない。

灸師の派遣を頼まれた『日向屋』は、『薬師庵』しか心当たりがなかったということだろうか。

『笹生亭』という木札の掛かった門から入るのを憚った小梅は、四間（約七・二メートル）ほど先の板垣から邸内に入った。

建物の端にある煙出しから煙が出ていたことは、以前にも見たことがある小梅は、そこが台所だと見て、

「薬師庵から灸据えに上がりました」

板戸の外から声を掛けた。

すぐに台所の戸が開き、下男と思しき老爺が顔を覗かせて、

「ここからお入りを」

手で、土間を指し示した。

台所の土間を上がった小梅は、先に立つ老爺に続いて邸内の廊下を進んだ。

角を二つ曲がった先にある襖の前で、老爺が膝を揃えるのを見て、小梅も倣《なら》って膝を揃えた。

「灸の療治が参りましたが」

老爺が声を掛けると、

「入るがよい」

襖の向こうから、穏やかな澄んだ声がした。

老爺はすぐに、襖を開け、

「支度があれば、ここで」

二畳ほどの次の間へ入り、小梅を招き入れた。

道具箱の引き出しを開けて幅の狭い帯を取り出した小梅は、帯の端を口に咥《くわ》えると、急ぎ襷《たすき》を掛け、

「あとは、線香に点ける火を貸していただければ、療治を始められますが」

老爺にそう告げた直後、

「火ならここにある」

奥の部屋から、またしても澄んだ声がした。

「はい」

返答をした老爺は静かに襖を開くと、奥の部屋に入るよう小梅に手で促した。

声を掛けて小梅が八畳ほどの部屋に入ると、次の間の襖が老爺によって閉められた。

「失礼します」

角部屋の二方の障子は閉め切られているが、日射しに輝く側の障子が大川端に面

していると思われる。

その障子の近くに置かれた大きな火鉢に掛けられた鉄瓶から、ゆらゆらと湯気が立ち昇り、その向こう側に敷かれた薄縁には、利休鼠色の着流し姿の侍が枕に片頬を乗せて腹這っている。

その着物の背中の紋に眼が行った。

以前、お園から聞いたことのある、鳥居家の家紋である『鳥居笹』が着物の背にあった。

背を見せている侍が、鳥居家とゆかりのある人物であることに間違いはない。

「療治の前に、体のどの辺りが痛むのか、お伺いしたいのですが」

小梅が尋ねると、

「首肩の凝りがひどい。その上、妙に頭が重い」

侍からは、要点だけ明快に返ってきた。

「分かりました。では、火を拝借します」

断りを入れて火鉢の傍に近づいた小梅は、道具箱の引き出しから線香を一本摘まむと、火鉢の熾火から火を移し、道具箱の天板に置いた線香立てに立てると、腹這いになった侍の横に膝を進めた。

すぐに手拭いを一枚取り出した小梅は、侍の着物の襟にかぶせようとして、ふと手を止めた。

「以前、どこかで療治をさせていただいたことがありましたでしょうか」

「うむ。一度ある」

侍からは、素っ気ない答えが返ってきた。

「わたし、こちらには初めて伺いますが」

小梅が訝るような声を洩らすと、

「ここではなく、大川の対岸の、『日向屋』の隠居所だった」

「あ」

小梅は、侍の返答を聞いて、咄嗟に思い出した。

昨年の十一月の半ば頃、大川の西岸、稲荷河岸にある『木瓜庵《ぼけあん》』という隠居所に呼ばれて、療治に行ったことがあった。

その隠居所の持ち主は日本橋の材木問屋『日向屋』の主、勘右衛門だと分かったが、小梅が灸を据えたのは、療治の間は腹這ったままの侍だった。

その時見た侍の首元や背中と、何がとは言えないが、どこか見覚えがあったのだ。

「あの時の灸がよく効いたのを思い出してな。『日向屋』に頼んで、来てもらった」

「ありがとう存じます。それでは、ひとまず療治するツボを押さえておきましょう」

小梅はさらに膝を進め、まず、首の生え際と肩口辺りを親指で軽く押す。

「これが『風池』『百労』『肩外兪《けんがいゆ》』と言いまして首や肩のツボ。頭の頂点にありますのが、『百会』。それらが、首肩の凝り、頭の重さを和らげるツボと言われておりまして、最後に、手の甲の親指と人さし指の間にある『合谷《ごうこく》』に据えさせていただきます」

「ん」

侍から、眠たそうな声が返って来た。

「では、さっそく」

小梅は、『百労』、そして『肩外兪』と、一つのツボに五回ずつ灸を据えた。

次に『風池』というところで、着物の襟に置いていた手拭いで艾の滓を払い落とし、もう一度手拭いを襟に戻そうとして、手を止めた。

腹這っている侍の横顔を、最近もどこかで見かけたような気がして、小さく首を捻ってみた。

するとすぐ、梅見に行った亀戸天神から、浅草の船宿『玉井屋』の船着き場に帰ってきた夕刻のことが思い出された。屋根船から下りた小梅は、少し離れたところに横付けされた屋根船から下りた材木問屋『日向屋』の主、勘右衛門と、それに同行していた二人の侍と一人の町人に眼を留めたのだ。

夕暮れ時で、目鼻立ちは朧だったが、勘右衛門と言葉を交わしていた上背のある一人の侍の顔形が、『鳥居笹』の家紋を背に眼の前で腹這っている侍の横顔に、どことなく似ているように思える。

「あの、お侍様は、こちらのご主人でしょうか」

小梅は、低い声ながら、確かめるように問いかけた。

「うむ。鳥居だ」

今にも眠りそうな声が返ってきたが、小梅は言葉もなかった。

「わしは、昔から、頭痛持ちでな」

「さようで」

小梅は、頭痛持ちだと告白した鳥居耀蔵に、自分でも思いのほか落ち着いて応えた。
だが、そのあとは、口を開くのも忘れ、黙々と灸を据え続けるだけだった。
世間などから、蝮とも妖怪とも言われている奉行が、無防備に背中を見せている。
もし、自分がお園なら、凝った首筋に畳針を突き刺しているだろうか。
いや。
鳥居耀蔵は、おそらく無防備ではあるまい。
いつでもどこでも、何かに備えているに違いないのだ。
だから、首や肩が凝る羽目になり、頭を重くしているのだ。
微かな寝息を立てている鳥居耀蔵の首のツボから、艾の煙がゆらりと立ち昇っていた。

本書は書き下ろしです。

幻冬舎時代小説文庫

●好評既刊
金子成人
小梅のとっちめ灸

面倒見のよい小梅と母・お寅の灸据所「薬師庵」は大賑わい。ある日、親しい料理屋が不当な取り締まりに遭った件をきっかけに、小梅は悪党どもの思惑に気が付いて……。新シリーズ始動！

●好評既刊
金子成人
小梅のとっちめ灸
(二)からす天狗

近頃の江戸は武家屋敷から高価な品を盗んで天下に晒す「からす天狗」の噂でもちきりだ。小梅はその正体に心当たりがあるが……。おせっかい焼きな女灸師が巨悪を追う話題のシリーズ第二弾！

●好評既刊
金子成人
追われもの一
破獄

八丈島に流罪となった博徒・丹次のもとに実家の窮状が伝えられた。焦燥にかられた丹次は島抜けして遥か彼方の江戸を目指すと決意し……。時代劇の人気脚本家が贈る骨太の新シリーズ始動！

●好評既刊
金子成人
追われもの二
孤狼

日本橋の乾物問屋の倅だった博徒・丹次は優しい兄・佐市郎の窮状を知り決死の覚悟で島抜けした。江戸での兄捜しが行き詰まる中、ふと懐かしい悪友を思い出す。人情沁みるシリーズ第二弾。

●好評既刊
金子成人
追われもの三
標的

嫁と情夫に家業を潰されて行方知れずとなった兄・佐市郎を救うため、島抜けを果たした丹次。懐かしい兄の絵に似た忘れ草の刷り物を見つけたことで丹次に光明が差す。急展開のシリーズ第三弾！

小梅《こうめ》のとっちめ灸《きゅう》

(三)針売《はりう》りの女《おんな》

金子成人《かねこなりと》

令和5年6月10日　初版発行

発行人——石原正康
編集人——高部真人
発行所——株式会社幻冬舎
〒151-0051東京都渋谷区千駄ヶ谷4-9-7
電話　03(5411)6222(営業)
　　　03(5411)6211(編集)
公式HP　https://www.gentosha.co.jp/

印刷・製本—株式会社 光邦
装丁者——高橋雅之

幻冬舎時代小説文庫

ISBN978-4-344-43299-4　C0193　　か-48-7